언제까지 우리는
'까라면 까!'야
할까?

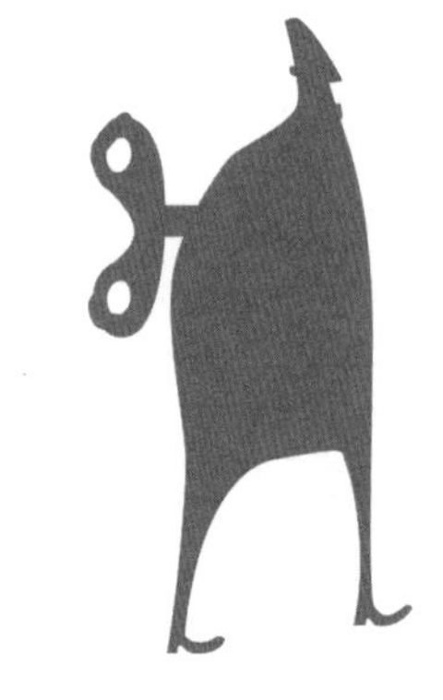

언제까지 우리는 '까라면 까!'야 할까?

사회 부적응자의 사회 적응기

문재호 지음

책읽는귀족

작가의 말

가면을 벗고, 자신만의 색깔대로 살자!

우리의 조국, 한국은 전체주의적 문화가 강하다. 집단은 개인의 행복을 위해서 있어야 하나, 집단의 규범에 맞추기 위해서 우리는 종종 질식되는 느낌을 받을 정도로 사회적 압력을 받는다. '너 나이가 몇 살 인데' 있지 않은가. 이러한 사회적 규범과 압박, 혹은 공식을 하나하나 따지고 들다 보면, 우리는 우리의 삶을 살아간다고 하기보다는 '타인이 보았을 때 우리가 어떻게 사는 게 좋은지'와 같은 타인의 관점으로 생각을 하고 의식을 하면서 살아갈 가능성이 높다.

이렇게 되면, 개인이 주체적으로 온전히 행복해지기 어렵다. 타인이 우리를 보는 시선에 따라서, 스스로에 대해 느끼는 '가치'나 '자존감'이 좌우될 수 있기 때문이다. 서울 소재의 대학교에 편입을 하고 나서, 내가 사람들에게 주는 인상이 형편없었던 나머지 사람을 만나는 것 자체를 기피했던 적이 있다. 오랜 기간의 시행착오를 통해서 내가 깨달은 것이 있다. 그것은 누구를 만나느냐가 중요하겠지만, 사람 만나는 것을 기피하지 않는다면 분명히 세상에서 가장 큰 즐거움과 행복은 사람을 통해서 온다고 하는 믿음 말이다.

고정관념을 벗어난 선택이 '신의 한 수'가 될 수 있다!

나는 개개인의 '고유 개별성'에 큰 가치를 부여한다. 보통 직장에 들어가면 개인이 회사에 맞추는 경우가 부지기수이다. 나도 그런 적이 있긴 하나, 몇 년 전부터 조금씩 달라졌다. '나도 회사에 맞추려고 할 터이니, 회사도 나의 개별 성향을 이해하려 노력해야 한다'라는 메시지를 전방위적으로 전달한다.

일종의 밀당이고, 눈치게임이다. 재수가 좋았는지 나는 이 밀당을 그렇게 못하지는 않은 것 같다. 그리하여 이전 직장도 만족도 10점 만점에 8점 정도로 만족하며 1년 넘게 잘 다니고 퇴사를 했고, 현 직장은 5개월간 재직을 하는 기간 중 3개월 넘게는 비슷한 만족도를 가지고 잘 다녔다.

직장을 다니면서 회사를 대상으로 '나 원래 이런 사람이야~' 하고 납득시키는 건 결코 간단한 일이 아니다. 운도 좋아야 하고, 동료들에게 인정도 받아야 한다. 그러나 구현되고 나면 삶이 한층 더 편해지고, 회사 안에서도 그다지 사회적 가면이 크게 필요가 없다고 할 수 있지 않나 싶다.

때로는 고정관념에서 벗어난 선택이 '인생의 한 방', '신의 한 수'처럼 반전을 불러오기도 한다. 틀에서 벗어나는 선택이 없다면 재미있는 이야기도 나오지 않는다. 점진적으로 나아지기를 바라는 마음에서 누구나 예상 가능한 틀 안에서 계획한다면 또 다른 평범함의 함정에서 벗어나지 못할 수도 있다.

틀을 벗어나 보이는 나의 선택은 방송이었다. 그리고 언젠가는 운이 좋게 이 방송이 '신의 한 수'처럼 반전을 불러일으킬 수 있다고 믿는다. 여러분만의 개성 있는 시장을 찾아서 당신만이 이길 수 있는 게임을 하기를 기원한다. 여러분의 개성 있는 발걸음에 행운이 있기를!

2018년 6월
문재호

Contents

Part 4 직장에 대한 다양한 시선들

Part 5 불편한 시선을 향한 좌충우돌 적응기

Part 6 퇴사와 새로운 출발을 위한 발걸음

Part 7 회사에 대한 고정관념부터 버려야 한다

Part 8 또 그렇게 잠시 사회 적응자가 되어간다

Part 9 내가 네가 되고, 네가 내가 된다면

Part 10 다시, 사회 부적응자를 위하여

Part 1

내가 사회 부적응자인 이유

01

내가 사회 부적응자의 사회 적응기를 쓰는 이유

내가 나 스스로를 사회 부적응자로 일컫는 이유는 우선 두 가지다.

첫째, 2008년 나는 군 생활을 하던 중 상병에서 일병으로 강등되었다.

둘째, 정서적 불안정성이다.

강등이란 등급이나 계급 따위가 낮아지는 것을 뜻한다. 내가 군대를 일병으로 제대했다고 하면, 의가사 제대 혹은 의병 제대를 떠올리는 사람들이 제법 있다. 난 건강에 별다른 이상이 없다.

우선 강등된 이유는 상급자의 명령에 대한 지시 불이행이었다. 군대 안에서 난무하는 부조리 그리고 '까라면 까' 문화에 적응되지 않았기 때문이다.

지금은 더 이상 훈련병들을 받지 않는 의정부 306보충대에서 가평 맹호부대, 제3야수교에서 운전병 교육을 받고, 서울시립 어린이병원 옆에 있는 강동 송파 예비군 훈련장, 수도방위사령부 22화학대대에서 운전병으로 군 생활을 했다. 자대배치 받은 지역의 지리적 여건이 좋았지만, 그렇다고 군 생활이 바뀌는 것은 아니다.

지시 불이행하면 다 강등되나? 아니다. 나보다 10살 정도 많은 지인에게 강등당했다는 이야기를 해도, 그런 이야기는 처음 들어봤다고 하는 게 일반적이다. 정말 희귀한 경험인 것에는 의문의 여지가 없다. 나는 강등되기까지 수차례의 징계 위원회, 그리고 군대 내의 감옥 개념인 영창도 14박 15일을 꽉 채워서 2번 갔다 왔다. 연달아 가지는 않았지만 2번 갔다 와서 내 군 생활도 1개월 더 늘어났다. 그래서 2007년 1월 30일 입대해서 2009년 1월 10일에 제대해야 했으나, 나는 2009년 2월 9일에 제대하게 되었다. 갔다 오게 되면 소위 전과 기록에 '빨간 줄' 그인다는 육군교도소를 가지 않은 건 그나마 천만다행이었다.

'까라면 까!' 문화에 반기를 들면 나처럼 된다

주변에 장교 복무를 했던 친구들이 장교 생활하는 중에 종종 물어봤다.

"야, 너 도대체 군 생활을 어떻게 하면 강등을 당할 수 있냐. 너

보다 더 미쳤거나 정신이 조금 지체된 애들도 병장 제대를 하는데.”

그 답을 말하자면, 간단하다. 사병이든 간부이든 끝까지 대들면 된다. 군대에 입대하고 이병 일병이 되어서도, ‘내가 간절히 원했으면 한국 군대 안 왔을 수도 있지 않았을까’라는 현실적으로 어려운 생각을 오랜 기간 가지고 있었다.

이런 생각을 복무하는 도중에 가지고 있으니, 원만한 군 생활이 가능할까? 당연히 어렵다. 물론 처음부터 이런 생각을 하진 않았다. 군대에 입대하기 전에 나는 ‘눈치’라는 게, 먹는 건가 싶을 정도로 눈치가 없었다. 그러다 보니, 이등병 일병 생활을 하며 오만 욕을 다 먹으면서, 조금 눈치가 나아졌을 정도 즈음에는 이미 관심 사병으로 낙인이 찍혔다.

철딱서니 없던 당시의 나는 ‘아메리카 가서 살 거야!’라는 망상을 해서 상병 1~2호봉 즈음 때부터 더 이상은 ‘일반적으로, 정상적으로’ 군 생활 못하겠다는 생각에 태업을 했다. 본 임무인 운전병 대신 대대장 당번병, 취사 지원병과 같은 일과를 하면서 간신히 군대를 전역했다. 군대를 전역하고 나서, 다니던 미국 대학교에 복학할 줄 알았다. 그러나 집안 사정으로 복학이 어려워졌다. 그리하여 국내 대학으로 편입을 해야만 했다.

한국 사회에서
'사회 부적응자'라는 꼬리표는 평생 간다

일병으로 강등된 사건은 내 삶에 큰 영향을 미치게 되었다. 편입을 하고 나서의 문제는 대책 없는 사회성이었다. 2011년 26살의 나이에 3학년으로 편입하고 나서 20대 초반 마냥 철없이 행동하니, 당시 나를 보는 사람들의 시선이 곱지 않았다. 나를 회피하는 듯한 기운이 느껴졌다. 캐릭터가 독특한 것이 하루, 이틀이 아니었으나, 사람들이 나를 기피하거나 나를 보고 수군대는 모습을 보면 이러다가 왕따 되겠다는 불안감이 급습했다.

학교 내 사람들과 비슷한 어투와 행동을 하는 데 모든 신경을 집중했고, 시간이 지나면서 어느 정도 소기의 성과로 이루어졌다. 가면 갈수록, 내가 해외에서 생활했다는 것을 내 행동이나 말투로는 사람들이 눈치 채는 일이 점점 줄어들었으니 말이다.

대학 생활을 하는 동안, 나는 같은 과 동기들부터 시작해서 사람들과 친밀한 관계를 맺는데 어려움을 느꼈다. 친해지면서 오고 가는 장난이 내 트라우마를 건드리면서 그에 대한 방어기제로 종종 화를 내서 그런 게 아닐까 싶다. 군 생활을 하면서 계급이 강등되고, 후임병사들로부터 기수 열외가 되었던 과거에 대한 트라우마 말이다. 나를 깎아내리는 장난을 하거나, 낮추는 언사를 해서 내 기분을 상하게 하면, 이를 기억해 두었다가 한꺼번에 터뜨리는 식으로 표현을 해서 대인관계가 좋지 않았다.

그렇다고 만약 내가 '나를 까는 장난에 민감한 건 군대에서 일병으로 강등당해서 그래'라고 내 상황의 특수성을 설명한다면, 사람들이 '쟤, 사회 부적응자다'라는 꼬리표로 낙인찍지 않을까 염려되었다. 그래서 일병으로 강등했다는 사실을 공개하지 않았다. 대학교에 편입하고 나서, 강등되었다는 사실을 소수의 친구들하고만 공유했다.

02

먹고 살려면 사회와 회사에 나를 끼워 맞추려 노력해야 한다

대인 관계도 중요하지만 나도 먹고는 살아야 했다. 편입하고 나서, 3년 반 동안 대학교 생활을 하면서 사회, 직장에 나를 끼워 맞추어 보려고 노력했다. 그러나 잘 안 되었다.

전공인 경영학을 살려 투자은행, 전략 컨설팅 회사, 대기업, 외국계 기업 같은 곳에서 근무하고 싶어서 관련 회사에서 인턴을 하거나 연관된 시험을 치며 소위 '표준적인 삶'을 지향해 본 적이 있다. 취업 원서를 1년 반 정도 써보고 나서 잘 안 됐다. 그리고 난 뒤, 2014년 여름에 인턴을 했던 미국계 화장품 회사에서 정규직 전환이 되지 않았다. '난 한국 조직생활이랑 안 맞나'라는 생각이 이때부터 들기 시작했다.

그래서 여름 인턴을 마치고 채 1주일도 안 돼, 40만 원 가까운 비용이 드는 호주 워킹홀리데이 비자를 신청하기도 했다. 결국 가지는 않았지만 말이다. 캐나다와 미국에서 4년을 살았는데, 29살에 워킹홀리데이 비자로 호주에 가는 것이 그렇게 좋은 판단은 아닌 것 같아서 결국 가지 않았다. 내가 가지 않은 이유는 '도망친 곳에 낙원은 없다'는 친구의 제언이 마음에 와닿아서 그렇다. (해봐야 아는 측면이 있지만) 한국 조직에 맞지 않는다고 해서 외국 조직에 더 맞을 거란 보장은 없다.

외국에 가지 않더라도 이 역경을 이겨낼 수 있을 것 같았고, 가족도 친구도 없는 해외로 가는 것보다는 현 거주지에 머물면서 방법을 찾는 것이 더 낫겠다는 판단이 작용했다.

한국 특유의 수직적인 조직 문화에 맞지 않는 사람이 선택해야 할 직업은?

정규직이 물 건너가고, 29살이라는 (공채 신입사원 나이 기준) 적지 않은 나이에 난 어떻게 살아야 하나 고민을 했다. 한 1~2년 정도 전쯤부터 나에게 아프리카TV BJ를 하라는 친구의 말이 진지하게 들려오기 시작했다. 친구는 나에게 "니 똘끼는 철구도 이길 수 있어"라는 소릴 했다.

이 친구 덕분에 '철구'가 누군지 알게 되었다. 화면상으로는 도의적인 선을 넘은 광인이었다. 처음에는 내가 뭐가 아쉬워서 그런 걸 하냐고 항변을 했다. 그런데 나란 사람이 점점 한국 특유의 수직적인 조직 문화(군대 문화)와 적합한 사람이 아니라는 것을 깨달으면서, 친구의 말에 슬슬 구미가 당기기 시작했다.

또 다른 친구는 어디를 가든 튀는 나의 성향을 비추어 보았을 때, '여행 가이드, 게스트 하우스 운영, 방송, 광고' 이런 쪽으로 추천해줬다.

친구들 조언의 교집합은 방송이었다. 그래서 나는 제2의 철구가 되어 볼까? 하고 접근했다가, 여러 정황상, '비정상회담 아프리카 TV 버전'을 만드는 것을 목표로 하게 되었다. 비정상회담이 이미 JTBC에서 많이 흥행했지만, 외국인들을 내가 섭외해서 영어 버전을 한글 자막 넣어서 만들어도 흥행할 수 있지 않을까 하는 생각을 해보았다. 이행하기 전에 다음과 같은 각오를 SNS에 올리기도 했다.

그래서 연세대 한국어학당, 이태원 등지에서 외국인들을 섭외해서 인터뷰한 동영상의 20분 가량에 한글 자막을 넣었다. 그러고 나서 시영상(Semi-prototype)을 친구들에게 보여줬다.

시청자들에게 재미와 정보를 전달하는 게 목적이었다. 영상을 본 친구들이 다들 이렇게 말했다.

"무슨 재미? 뭔 정보? 왜 영어야? 왜 이렇게 길어?"

이 피드백들에, "비정상회담을 이길 수는 없군" 하고 난 결론을

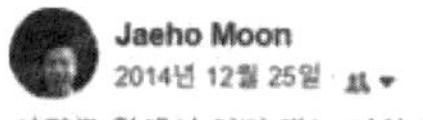

Jaeho Moon
2014년 12월 25일

사람들 앞에서 이빨 까는 거야 하루 이틀 한 거 아닌데, 막상 글 쓰려고 하니까 멈칫하네.. ㅎㅎ.
하고 싶은 말은. 나 사업(?) 해보려고 해. 기획 한지는 2~3달 됐고. 베타 테스트(?) 같은 것도 해보긴 했어. 직종은 안 알 랴 줌. 론칭은 1월 중순에서 말에는 할 예정이야. 한국 나이 29. 딴 나라 나이 28 먹을 동안. 내가 정말 좋아하고 잘할 수 있을 거라고 생각해서 고른 아이템이야. 비지니스 모델이 애매하긴 한데. 그건 시행 착오를 통해 개선해 봐야겠지. 내가 이걸 굳이 SNS 페친들한테 까발리는 이유는, 앞으로 남은 론칭 기간 동안, 내가 하려는 것의 준비 기간에 대해 더 엄격하고, 진지해 지고 싶어서 굳이. 공개 하는 거야. 사실 존나 불안해. 내가 원했던 시나리오는, 난 취직 하고 난 다음에 타이밍 봐서 사업 하는 거 였거든. 그래도 아이템이 나쁘진 않고, 주변 친구들 한테어느 정도 피드백 받기도 했고. 적지 않은 사람들한테 내가 뭐 할 예정이고. 타임라인., 기획에 대해서 언급했고 피드백도 받았어. 남은 건 실행. 그리고 실행 전까지 준비 밖에 없어. 존나 떨려. 그리고 설레. 난 사실 지금 내가 하려는 것 전에는 그냥 '남들이 선망하는 것들' 하고 싶었거든. 내가 행하려는 게 망할 지 흥할 지 모르겠어. 내가 이 글 쓰는 목적은. 1. 이왕 내가 뭐하려는 지 많은 사람들한테 까발려졌으니, 내가 하려는 것 준비에 대한 진지함을 더 강화하는 것 . 2. (가식이 아니었으면 하지만) 덕담이나, 정말 격려 좀 해줬으면 좋겠어. 요새 나 좀 불안 하거든

P.S: 내가 요새 카톡 으로 드립을 종종 보내는 데. 받아주는 친구들. 고맙고. 앞으로도 계속 고마웠으면 좋겠다.

내렸다. 그리고 비정상회담의 아류 콘티는 접었다.

그렇지만 방송을 향한 나의 열정은 쉽게 수그러들지 않았다. 다음에 생각해 보았던 기획은 익살 대결, Prank 영상. (장난) 몰래 카메라 영상이었다. 구성은 주제를 정해서 한국 사람과 외국 사람이 익살 대결을 한다. 한국 사람은 나로 하려고 생각했다. 그리고 시청자로부터 '따봉/좋아요'를 더 많이 받은 사람에게 특전과 혜택을 주는 영상을 기획해 보았다.

재미있는 영상을 만들기 위해서는 재미있는 사람이 출현해야 한다. 문제는 재미있는 사람을 섭외할 만한 유인책(incentive)이 부족했다. 연세대학교 한국어학당에서 재미있어 보이는 사람에게 접

근해서 이런 기획이 있는데 해보지 않겠냐고 물어보았다. 그는 무슨 혜택이 있냐고 내게 다시 물어왔다. 내가 '경험!'이라고 대답하니, 떨떠름한 표정을 지어 보였다. 내가 발음한 '경험'이라는 단어가 그에게는 '열정 페이'로 들렸나 싶었다.

03

막다른 골목에서 만난 '책을 읽어주는' 팟캐스트

이런 여러 가지 시도를 하던 중, 인생의 막다른 길목에 서 있다는 생각이 문득 들기도 했다. 그렇지만 이런 상황에서도 책은 꾸준히 읽자는 생각을 했다. 그래서 읽은 책의 내용 중 마음에 드는 구절을 요약해 놓았다. 가장 하드코어로 책을 읽고 서평을 썼을 시기에는 간간히 과거에 읽었던 걸 재탕으로 썼던 것을 포함해서 2달 기준 30개 정도 썼던 것 같다. 그러던 와중에 『지적 대화를 위한 넓고 얕은 지식』의 저자, 채 사장님을 뵙게 된다. 그러고 나서, '책을 읽어주는' 팟캐스트를 하는 것을 구상하기에 이르렀다.

이 생각을 실천에 옮기는 시간은 그리 오래 걸리지 않았다. 그동안 요약해 놓았던 책들이 있었으니까. 그래서 드디어 2015년 5월 1일, 그 첫 방송을 시작했다. 그러고 보니, 방송한 지 3년이 넘었다.

책을 읽어주는 팟캐스트를 하게 된 이유는 다음과 같다.

1. 정리한 내용을 낭독하면 머리에 더 잘 남는 것 같다.
2. 내가 이런 것들을 하고 있다는 것을 인터넷으로 계속 올리면, '너 노는 동안 뭐했어?'라는 질문에 객관적인 자료를 제시할 수 있는 포트폴리오가 될 수 있다.

자, 그럼 이쯤에서 궁금한 독자들을 위하여. 팟캐스트를 하면 돈이 될까? 팟캐스트는 채널이 현재 12,000개 정도 있긴 하지만, 거의 안 된다고 보는 게 마음이 편하다. 적어도 내가 방송을 시작했던 당시(6,000개 내외), 팟캐스트 상위 10~20위에 꾸준히 들었던 분에 의하면 그렇다. 또한, 혼자 진행하는 게 아니라면 광고 수입을 나누어야 한다는 점도 고려를 해야 할 것이다.

요즈음은 이미 홍보를 많이 했다고 판단해서 안 하고 있지만, 나는 꾸준히 3~4자리에 달하는 사람들에게 홍보도 했다. 내가 보통 작업을 했던 공간은 카페였다. 카페에는 다수의 불특정한 사람들이 있다. 처음에는 혼자이든, 둘 이상이든 가리지 않았으나, 점진적으로 혼자인 분들을 대상으로 홍보를 했다.

내가 팟캐스트를 홍보하는 방식

처음에는 내가 다녔던 대학교 모바일 학생증을 먼저 보여드렸다. 그리고 점진적으로 팟빵 플랫폼에서 내가 진행하는 방송 채널을 보여드리면서 방송 진행자라고 소개 방식을 바꾸었다. 그 다음에는 내가 방송을 '왜' 하게 되었는지를 적은 글이 게재된 웹사이트 주소(http://www.skkulove.com/ver3/m/bbs/board.php?bo_table=fb2014&wr_id=405454)를 알려주었다. 나는 이런 과정을 통해서 3~ 4자리 수에 달하는 사람들에게 2~3년 동안 홍보했다.

지금(2018년 5월 6일 기준)은 구글이나 네이버에서 내 이름을 치면 바로 나오는 수준은 아니지만, '사과책방' 키워드로 검색하면 메인 화면 1순위로 나오기는 한다.

유튜브에서 5~6자리 수 이상에 달하는 조회수를 기록하는 영상물들을 꾸준히 제작할 수 있다면 '유튜버'도 생업이 될 수 있을지 모른다. 그러나 나는 그런 상황과는 거리가 있었던 터인지라, 생업 또한 중요했다. 인생에선 정말 첫 단추가 중요한 걸까. 나는 아르바이트로 시작했던 통·번역을 현재 생업으로 하고 있다.

04

내가 사회 부적응자인 또 다른 이유

일병 강등 말고도 나 스스로를 사회 부적응자라고 정의한 또 다른 이유는 '정서적 불안정성' 때문이다. 어린 시절부터 나는 "ADHD 있는 것 같아!"라는 말을 듣기도 했다. 스스로 가만히 잘 있지 못하는 유형의 사람이란 사실을 알고 있다. 단, 필요할 때 집중을 할 수 있기에 주의력결핍과잉행동장애 ADHD를 걱정하지는 않아도 될 것 같다.

2015년부터 취직을 하지 않고 내가 옳다고 생각하는 길을 걸으면서 불안하여 그랬는지 친구들에게 채널을 가리지 않고 공격적인 장난을 감행한 적이 있다. SNS든, 단체 대화방이든 말이다. 예를 들자면, 아래와 같다.

공지 리에종 분들에게 알립니다. [VIP 담당국가 / VIP이름 / 본인이름] 오늘 안으로 저의 개인 카톡으로 보내주시기 바랍니다. 내일 VIP 일정확인 공지를 위함이니 ….

상황 행사 진행자 분께서 저를 포함한 60여 명의 리에종들에게 아는지 물어본 상황이었습니다.

그 와중에 제가 "간다간다 쏭간다 주문 10번 정도 외우만 우간다 장관 연락처가 뙇 갱셩되지 않을 까요" 라고 답했습니다.

담당자님 왈, "개인적인 내용 외에는 그룹카톡방에는 위와 같은 내용은 자제해 주세요들.. 부탁드립니다." 라고 적으셨습니다.

나는 문제의 심각성을 다음해에 깨달았다. 그리고 당시 내가 취업해 있던 직장에서 도보로 200m 거리가 채 안 되는 곳에 위치해 있었던 상담대학원대학교에서 상담을 받았다. 2016년 5월 23일부터 12월 말까지 30회기 상담을 하고 난 이후부터 정신적으로 안정되고 차분해졌다.

상담기관	기관명 : 한국상담대학원대학교 부설 마음지음상담센터				
			연락처 : 02-584-6855		
내담자 기본 정보	성명	문재호	연락처	010-****-****	
	생년월일				

	회기	진행일	상담자	상담내용	
상담진행	1	2016-05-10	김**	접수면접	
	2	2016-05-23	김**	개인상담	
	3	2016-05-30	김**	개인상담	
	4	2016-06-08	김**	개인상담	
	5	2016-06-15	김**	개인상담	
	6	2016-07-27	김**	개인상담	
	7	2016-08-08	김**	개인상담	
	8	2016-08-08	김**	심리검사	
	9	2016-08-17	김**	개인상담	
	10	2016-08-24	김**	개인상담	
	11	2016-08-31	김**	개인상담	
	12	2016-09-07	김**	개인상담	
	13	2016-09-21	김**	개인상담	
	14	2016-09-28	김**	개인상담	
	15	2016-10-05	김**	개인상담	
	16	2016-10-17	김**	개인상담	
	17	2016-10-31	김**	개인상담	
	18	2016-11-21	김**	개인상담	
	19	2016-11-28	김**	개인상담	
	20	2016-12-07	김**	개인상담	

상담진행	21	2016-12-21	김**	개인상담	
	22	2016-12-28	김**	개인상담	
	1	2017-06-02	임**	개인상담	
	2	2017-06-05	이**	개인상담	
	3	2017-06-12	이**	개인상담	
	4	2017-06-20	임**	개인상담	
	5	2017-06-27	임**	개인상담	
	6	2017-07-04	임**	개인상담	
	7	2017-07-11	임**	개인상담	
	8	2017-07-20	임**	개인상담	
	9	2017-07-27	임**	개인상담	
	10	2017-10-26	임**	개인상담	

위 내담자는 한국상담대학원대학교 부설 마음지음상담센터에서
위와 같이 상담을 받았음을 확인합니다.

2018년 1월 23일

한국상담대학원대학교 부설 마음지음상담센터

단, 로버트 프로스트의 시 '가지 않은 길', 프랭크 시나트라의 노래 '마이 웨이(My way)'마냥 나만의 길을 가기 위한 필수적인 전제 조건은 주기적인 수입원이 있어야 한다는 것이다. 내가 부자가 아

니어서 돈이 없으면 자본주의 사회에서는 뭘 사서 먹을 수가 없다. 생산수단이 있는 것도 아니고 말이다. 그러나 내가 차분하고 정서적으로 안정이 되었다고 해서 장난끼까지 죽은 것은 아니다. 10대부터 랩을 좋아했던 나의 기질은 30대가 되어서도 꾸준했다. 아마 죽기 전까지 꾸준하지 않을까 싶다.

Part 2

나는 사회에 적응하려고 이런 짓까지 해봤다!

01

사회에 적응하기 위해 ADHD 약까지 처방받다

나는 직장 생활을 하기 이전보다 좀 더 과거로 거슬러 올라가서 2013년 대학교 5학년 2학기에는 졸업을 유예하고 전략 컨설팅 회사에서 인턴을 하기도 했다. 그런데 당시 업무에 집중을 너무 못한다고 생각했다. 청소년 시절부터 "너 좀 ADHD(주의력결핍 과잉행동장애) 아니야?"라는 말을 들을 정도로 나는 산만하다. 지금도 평상시에 가만히 있지 못한다는 말을 회사 동료들에게서 종종 듣는다. 그렇지만 필요할 때는 집중을 잘하니 다행이라고 해야 할까?

컨설팅펌에서 인턴을 하던 중 처음으로 정신과 의원에 가보기도 했다. 인턴을 했던 회사는 상암동에 있는 DMC 첨단산업센터라는 곳에 있었다. 당시 여기에서 가장 가까운 정신과의원은 가양대교를 건너서 가양역 인근에 있었다.

정신과 의사 선생님에게 내 증상을 설명하고, 설문지 3장 정도를 작성하고 나니까, 내가 정상이라고 하셨다. 내가 정신과의원에 간 이유는, 소위 강남 엄마들 사이에서 공부 잘하는 약으로 소문난 약을 처방 받는 게 목적이었다. 이 약을 10정 처방 받고, 2정 복용했다. 약을 복용한다는 사실을 당시 회사 동료들에게 알렸다. 한 상급자 분은 내게 약보다는 상담을 받으라고 조언해 주셨다. 이 조언을 듣고서, 나는 약을 더 이상 복용하지 않고 인턴을 마치게 되었다.

나의 노력이 쌓여 가다

대학교 6학년 1학기에는 전공 수업 하나를 들으면서 이력서를 쓰고 면접 보는 걸 반복했다. 결과는 앞에서 언급한 것처럼 2014년 여름, 인턴에 합격한 것을 제외하고는 좋지 않았다. 단, 취업 원서를 쓰면서 대학교 안에 있는 상담센터를 주 1회 갔다. 그러나 당시(2014년 상반기)만 해도 상담의 효과를 경시해서 그랬던지, 가면 성실히 임하는 편이긴 했으나 종종 빼먹고 가지 않기도 했다. 취업도 실패하고, 이사를 했던 때라서 교내 상담센터는 3개월 정도 가본 셈이 되었다. 마음의 불안함, 충동 조절의 어려움은 2년 뒤에나 심각성을 깨달을 수 있었다. 그래서 사설 카운슬링 센터를 다시 찾았다.

이렇게 심각함을 깊게 느꼈던 2016년에는 의식적으로 상담센터에 빠지지 않기 위해 나름대로 많은 노력을 했다. 일례로, 2016년 이전의 과거인 2014년 당시에는 학교 정문이 도보로 1분 거리에 있던 곳에서 하숙을 했다. 단순한 게으름, 귀찮음, 잊어먹음, 다른 약속과 같은 이유로 상담을 종종 가지 않았다. 그러나 2016년에는 위클리 플래너에 상담 시간을 기입하고 이를 준수하기 위해 노력을 많이 했다. 예를 들어, 직장 동료와 퇴근하고 술을 마시다가도 상담 시간이 8시라고 하면 술을 거의 마시지 않거나, 아니면 선약이 있다고 양해를 구하고 자리를 나서거나 애초에 약속을 잡지 않았다.

또한, 상담센터 선생님이 내준 숙제(?) 같은 것도 제법 잘 준비해갔다. 숙제라고 해봐야 그렇게 큰 게 아닐 수 있다. "다음에 올 때는 어떤 말을 하고 올지 준비해오세요"와 같은 숙제였다. 또, 상담센터 선생님과 상담을 하다 보면 타인이 아니라 '나'에게 집중을 할 수가 있는 것도 좋았다. 내가 어떤 결핍을 느껴서 마음에 불안정을 느끼는지, 이러한 결들을 하나하나 짚어보는 것은 의미가 있었다.

02

가난한 사람이 더 생존력이 강하다

대학교를 졸업한 후, 인턴십이 정규직으로 전환이 되지 않았다는 말을 앞에서 언급한 적이 있을 것이다. 그러고 나서, 방송을 꾸준하게 진행하기까지의 과정이 험난했지만, 재미있었다. 먹고 살기 위해서 유네스코 문화유산 강연 통역, 리에종 통역, 전시회 통역 등 무수한 통역 아르바이트를 했다. 2015년 7월부터는 하루 단위로 하는 아르바이트가 아니라, 한 달 동안 논산에 있는 식음료 공장에서 기술 통역을 했다. 주말도 없다시피 폴란드에서 온 기술자 두 명과 모텔에서 묵으면서 공장으로 출근해서 일했다.

그런데 2014년 9월에 인턴을 마치고 2015년 7월까지는 정말 경제적으로 힘들었다. 그렇지만 그 와중에도 앞에서 이야기했듯이 아르바이트를 하고 남는 시간은 책을 읽고 내용을 정리하기 시작했다. 2015년 5월 1일부터는 녹음과 촬영을 해서 유투브, 팟캐스트, 팟빵에 업로드 했다.

그런데 나는 도서관보다 카페에서 줄곧 일을 하거나, 글을 쓰거나, 책을 읽는 것을 좋아한다. 2015년부터 내가 앉아서 일하는 것보다는 서서 일하는 것을 더 좋아한다는 사실을 알게 되어서 그런 것도 같다. 도서관에는 서서 일할 수 있는 공간이 없지 않은가.

이때 난 깨달았다. 가난한 사람이 더 합리적이라는 사실을 말이다. 돈이 없지만 나는 카페에서 책을 읽고 컴퓨터에 정리하고 싶었다. 그래서 곰곰이 고민을 해보았다. 내가 대학교에 다닐 당시에 돈을 아끼기 위해서 들었던 별칭 혹은 찬사 중 하나가 "이 색히, 완전 Bear Grills*야!"였다. *베어 그릴스는 디스커버리 채널에 종종 출연하는 소위 '생존왕'이라는 별명을 가진 사람이다.

그렇다면 내가 왜 가난한 사람이 더 생존력이 강하다는 생각을 하게 되었을까? 예를 들어, 돈이 없는데 카페의 인프라 시설을 사용하고 싶으면 어떻게 할지, 가난한 사람은 궁리를 하게 된다. 나 역시 그랬다. 보통 카페에 가면 이디야가 아니고서야, 저렴한 아메리카노 같은 경우 4천 원 정도로 그리 싼 가격은 아니다. 내가 애용했던 매장은 커피숍이 서점에 입점해 있었다. 그리고 이 서점에는 정수기가 비치되어 있다.

처음에는, 카페에서 뜨거운 음료를 사면 나오는 종이컵을 가지고 정수기에서 뜨거운 물이든, 차가운 물이든 원하는 만큼 컵에 담는다. 그러고 나서 자리로 가지고 와 마시면서 책을 보거나, 컴퓨터로 읽은 책을 정리했다. 극단적으로 생각해서 아침에 개점할 때 음료를 사서 서점이 문을 닫을 때까지 카페에 있다면, 약 4천 원 정도의 금액으로 나는 해당 매장을 이용한 셈이 된다. 해리포터 작가, 조앤 K. 롤링도 책이 대박 나기 전에는 카페에서 음료 한 잔을 시켜놓고 8시간이고 10시간이고 원고를 썼다고 한다.

밖에서 혼자 술을 마시고 싶은데, 돈이 없으면 어떻게 할까

나는 위스키나 소주를 스트레이트로 먹는 취향이 아니다. 칵테일 식으로 섞어 먹는 것을 선호한다. 맛있어야 하니까. 그리고 술은 달아야 한다! 혹자는 "술은 취하려고 먹는 거지, 뭐 맛으로 먹어?" 할 수도 있지만, 난 맛있게 먹으면서 취하고 싶다.

개인적으로는 소맥이 소주보다 더 맛있기에, 사람들이 다 소주를 먹어도 난 소맥을 원하는 비율로 맞추어서 섞어 먹는다.

다음 사진과 같은 포켓용 소주 200ml와 토닉워터 300ml를 일반 카페의 얼음잔 한 사이즈 큰 것에 넣어 둘 다 털어 넣으면 정확히 딱 들어맞는다.

사진에서 확인할 수 있다시피, 2018년 2월 19일 기준, 편의점에서 200ml 포켓용 소주를 1,500원에 그리고 토닉워터 300ml를 1,200원에 판매한다. 만약 카페에서 생수를 1,500원에 사고, 얼음컵을 받는다고 치면 4,200원. 난 맛없는 생소주를 먹는 것보다, 소주를 좀 덜 먹고, 맛있게 토닉 워터에 섞어 먹는 것에 길들여졌다.

술은 마시고 싶은데 과음하고 싶지는 않을 때, 이 200ml 소주와 300ml 토닉워터 조합은 딱 적당한 정도의 취기를 나에게 보장해준다. 요즘은 술 마시면서 책을 볼 수 있는 서비스를 제공하는 '책바(Chaeg Bar)'와 같은 서점들이 늘어나고 있지 않은가.

이 칵테일을 담아내는 카페의 얼음 잔 용기는 카페마다 다를 수 있다. 나처럼 마냥 음식점에서 조식이고, 중식이고 석식이고 소주토닉을 마시고 싶은 사람은 카페에 가서 얼음컵의 사이즈를 시행착오하면서 직접 겪어보면 된다. 앞에서도 이야기했지만, 카페에서 생수나 아이스 음료를 시키면 '얼음 잔'을 준다. 물론, 주지 않을 가능성도 있기에 얼음 잔을 매장 담당자가 챙겨주지 않는다면 얼음 잔에 얼음을 좀 넣어달라는 식으로 얼음잔을 확보해야 한다. 담아내야 할 칵테일의 규모가 500ml이기에 이 점을 유념해서 카페 담당자에게 치수에 맞는 얼음잔을 달라고 부탁해 보라. 얼음이 들어가면 부피가 커지니, 생수 사이즈보다 더 큰 사이즈를 주는 경우가 많다.

'궁하면 통한다'는 옛말도 있다. 가난하다고 해서 좌절하고, 막다른 골목이라고 해서 포기하지만 않는다면 어디든 길은 있다. 생활 속에서도 마찬가지다. 밖에서 혼술하고 싶은데, 돈이 없다고 포기해버리는 것보다는 이런 식으로라도 자기 만족감을 즐기는 것이 나을지도 모른다.

나는 이밖에도 내가 진행하는 유튜브 채널인 '사과책방' 영상을, 비용을 들이지 않고 어디에서 영상 촬영이 가능할지 시작하기 전부터 고민하기 시작했다.

어떻게 하면 돈을 안 들이고 팟캐스트와 유튜브 영상을 촬영할 수 있을까?

팟캐스트와 유튜브 채널을 운영하는 3년 사이, 나의 근무지는 전라도, 경상도를 넘나들다가 서울, 경기도 이천 그리고 다시 서울로 오게 되었다. 팟캐스트를 녹음하고 영상을 촬영하기 위해서는 상대적으로 조용한 장소가 필요해서 집이나 숙소에서 작업하는 경우가 많았다. 이때 혼자 작업하는 게 아니라, 패널과 함께 작업하면 팟빵 스튜디오를 예약하거나 스터디룸을 예약해서 영상을 촬영했다.

그러나 내가 매번 집에서 작업하는 건 아니다. 만약 내가 밖에서 녹음이나 촬영을 하고 싶을 때가 있다면 어디에서 할까? 나는 6년 전에 모 어학원에서 성인을 대상으로 토익 스피킹을 가르친 적이 있다. 겨울방학 때 단기로 2개월 정도 가르친 것이긴 하지만, 프랜차이즈 어학원의 운영 시스템을 알아차릴 수 있었던 경험이었다.

6년 전의 이러한 나의 경험을 굳이 거슬러 올라간 이유는 다음과 같다. 어학원에서는 수업이 있는 시간을 제외하면, 해당 강의실을 비어 두는 시간이 높다는 점에 주안점을 두고 싶어서 그렇다. 그래서 나도 수업을 마치고 나면, 교사 휴게실에 와서 다음 날 수업 준비를 하기도 했지만, 강의실에서 준비하는 것을 더 선호했던 기억이 있다. 말하는 패턴을 주입시켜야 하기에, 나 또한 닫힌 공간에서 토익 스피킹 유형을 파트 1부터 7까지 목소리로 발성하면서 교습 준비를 했기 때문이다.

클라우드 서비스에 백업되어 있는 증거 사진을 확인해 보니, 10:00~10:50 그리고 11:00~11:50 반들은 매일, 그리고 주 3일반 2개 이렇게 총 4개를 수업했다. 첫 번째 달에는 주 5일반 2개 그리고 주3일 1시 수업을 한 것은 명확히 기억이 나고, 두 번째 달은 재등록율이 높지 않아서 폐강했던 반이 많았던 것으로 기억한다.

나는 강습을 하면서, 당시 나에게 배정된 강의실 말고도, 다른 강의실들이 텅텅 비어 있는 광경들을 종종 볼 수 있었다. 내가 무슨 말을 하고 싶은지 알 것이다. 나는 지역에 구애받지 않고 어학원의 빈 강의실에서 팟캐스트 에피소드를 녹음하거나, 유튜브 채널 비디오 영상을 촬영했다.

촬영할 때는 기본적으로 몇 가지 준비물이 필요하다. 처음에 내가 활용한 도구는 호루스벤누 미니 삼각대였다. 촬영은 보통 미니 삼각대에 휴대폰을 끼워서 폰으로 했다.

작년 상반기까지만 해도 내가 노트북에 있는 대본을 읽는 장면을 촬영했다. 미니삼각대를 노트북 위에 거치해서 말이다. 미니 삼각대라 다리 길이가 노트북 스크린만큼 길지도 않다. 그래서 책이든 종이든 무엇이든 받침을 해주거나, 균형을 잘 맞추어서 노트북 모니터에 미니삼각대를 고정시켜서 촬영했다.

다음과 같은 방식으로 말이다. 시청자들은 내가 대본을 읽는다는 사실을 눈치챘는지, 재미가 없어서인지, 아니면 둘 다 때문이었는지 조회 수가 5자리 나오는 영상은 손가락으로 꼽을 수 있었다. 요즘은 다음과 같이 촬영하지는 않는다.

대신 게스트와 패널을 섭외해서 촬영할 때에는 다음과 같은 삼각대를 사용해 스마트폰을 고정해서 녹화를 한다. 좀 더 진지하고 전문적으로 할 의향이 있으면 카메라와 마이크도 사야 하는 게 아니냐 하고 의견을 주시는 분도 있다. 그러나 내 휴대폰이 아이폰은 아니지만, 아이폰으로 1인 방송국을 운영하는 유럽인도 있다. 한국의 아프리카TV 또는 유튜브 채널과 같은 개념일 수도 있지만, 휴대폰으로 촬영하고 컴퓨터로 편집하는 게 그렇게 나쁜 전략 같지는 않았다. 그리고 촬영한 영상에서 mp3 음성만 뽑아서 팟빵과 팟캐스트에 업로드하고, 영상은 유튜브에 업로드했다.

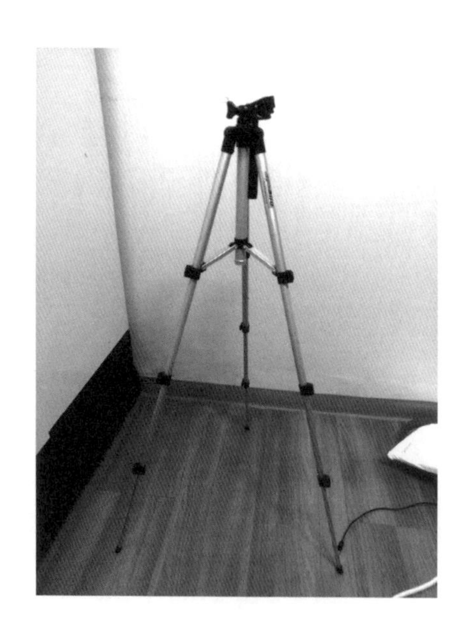

위와 같은 방식으로 말이다. 시청자들은 내가 대본을 읽는다는 사실을 눈치챘는지, 재미가 없어서인지 아니면, 둘 다 때문인지 조회 수가 5자리 나오는 영상을 손가락으로 꼽을 수 있었다. 요즈음은 위와 같이 촬영을 하지는 않는다.

03

공기업에서 잘리고, 교훈을 얻다

나는 2015년 8월부터 12월까지 한 공기업에서 일한 경험이 있다. 3개월 동안 그곳에서 통역 계약직을 하게 되었고, 이 기간이 2개월가량 연장되었다. 그러나 이렇게 업무를 잘 수행하다가 결국 잘리게 되었다. 여기서 나는 교훈을 얻게 된다. 그 자세한 사연은 다음과 같다.

2015년 8월 3일부터 12월 18일까지 난 이 공기업의 지역소인 전라남도 영광에서 7주, 경상북도 울진에서 6주, 마지막으로 경주에서 4주 근무한 적이 있다.

대다수의 한국 회사들은 수직적인 의사 결정 구조와 조직으로 구성되어 있다. 그렇다고 해서 외국 회사들이 완전히 수평적이란 말을 하자고 하는 것은 아니다. 모두가 수평적인 직급을 가지는 홀라크라시(Holacracy, 관리자 직급을 없애 상하 위계질서에 의한 의사 전달이 아닌 구성원 모두가 동등한 위치에서 업무를 수행하는 제도)를 실험한 기업, 자포스(Zappos)가 더 이상 이 제도를 유지하지 않는 점이 어떤 시사점을 주지 않나 싶다. 그러나 한국, 대만, 일본과 같은 나라는 전체주의적인 관습이나 문화와 습성이 서양 국가들에 비해 더 강렬하다고 생각한다. 이로 인해서 집단에 있으면서 생기는 피로감이 만만치 않다.

한국 남자들은 군대에서 위계질서와 상명하복을 배운다. 그리고 대다수의 한국 남성들은 군대에서 의무적으로 2년을 복무한다. 그렇게 군대에서 2년간 개개인의 다양한 개성들이 상당 부분 '말살'되고 사회에 규격화되는 과정을 거쳐서 한국 남성들은 학교에 복학하거나 영리 활동을 위해 취업을 하거나 사업(혹은 자영업)을 한다.

나는 2015년 12월, 공기업에서 퇴직한 간부가 해당 공기업의 교육생들을 대상으로 했던 교육과정에서 영어 통역을 수행하던 중 잘렸다. 이 공기업에서 나의 최종 근무지였던 지역에서 당시 통역해야 했던 퇴직 간부가 고압적이고, 예의 바르지 않았고, 권위적이었으며, 갑질이 일상적이었다.

사람은 나이가 들수록 잘 변하지 않는 법이다. 굉장히 강한 충격을 받는 계기가 있지 않은 이상 말이다. 비록, 내가 해당 전 간부로 인해 조기 계약 만료를 통지받았지만, 나는 그분의 근무 태도가 나로 인해 '많이' 바뀌었다는 사실을 동료들로부터 전달받았다. 나 한 명 희생해서 동료들의 근무 환경을 개선한 셈이니, 재미있는 경험이 아니었나 싶다. 현재 나는 그나마 잘 지내고 있으니 말이다.

반말하는 상사에 대해 이의를 제기하면 한국에선 어떻게 될까

전라남도 영광, 경상북도 울진에서 근무했을 당시의 멘토(주로 퇴직 간부님으로 교육생들의 교육 지도를 맡은 분들을 부르는 호칭)들은 전반적으로 온화하고 점잖은 분들이었다고 해서, 멘토들이 모두 점잖은 것은 아니었다. 근무를 하던 중, 한 번은 이 멘토가 무엇을 잘못하고 있는지 항목들을 1,2,3,4 식으로 숫자를 매기고 이를 이야기해 본 적이 있기도 하다. 해당 멘토의 태도에는 미세한 변화만 있었다.

나는 이 분이 내게 가하는 스트레스 덕분에 주말에까지 여파가 미쳐서 주말이 끝나고 월요일 오전에 이 멘토님에게 '만약 멘토님이 내게 반말을 일삼을 거면 나도 반말을 하겠다'라고 응수를 했다. 해당 멘토는 퇴직했지만, 후배들이 현직 간부였기에 영향력을 미칠 수 있었다. 나는 당시 남은 프로젝트 기간이 4~5주밖에 되지 않았기에, 설마 나를 자를까 싶었다. 그러나 1주일 정도의 유예 기간을 주고, 계약 조기 만료 통지를 받았다. 좋은 경험이었다. 지금 와서 생각해 보면, 다른 직장을 알아볼 시간을 주어야 되는 것 아니냐고, 해고 30일 전 통지의 의무가 있는 해당 규정을 내세울 수 있을 법했으나, 그 당시에는 노동법에 무지했다.

이런 사건이 있고 나서, 공기업은 나랑 맞지 않는다는 사실을 잘 깨달았다. 더 정확히 말하자면, 공기업처럼 가진 자원이 많은 회사에서는 나같이 자기주장이 강한 사람을 안고 갈만한 이유가 적다는 사실 말이다. 공기업, 대기업은 가진 자원이 많고 체계가 잘 갖추어져 있다. 그래서 직원이 협상력을 갖기가 상대적으로 더 어렵게 느껴졌다. 내가 가진 통·번역 역량으로는 말이다. 그래서 이 공기업에서는 2015년 12월, 나는 계약 조기 만료가 되었다.

04

정규직, 또 하나의 전환점에 서다

공기업 계약직을 조기에 잘리고 1개월 동안은 번역 프로젝트를 맡아서 하기도 했지만, 어떻게 먹고 살지에 대한 고민이 많았다. 그런데 내가 번역 대금을 다 받지 못해서 소송을 제기할 줄이야 생각지도 못했다 2월초부터 3월 5일까지 한 달 동안 워드 250 단어 기준으로 315 페이지 정도를 XXX통·번역센터에서 수주 받아서 납품한 적이 있다. 그런데 이 통·번역센터에서 나에게 200만 원만 주고, 나머지 115만 원은 "사정이 어렵습니다. 다음 달에 드릴게요"라는 말을 서너 번 반복했다. 처음엔 그러려니 하다가, 나중엔 신용 문제도 그렇고, 내가 '해리포터와 동문이어서' 졸업한 학교가 호구와트인 줄 아는 것 같았다. 이대로 가만히 있으면 나를 '가마니'로 보겠다는 생각에 우선 민사소송 '지급명령신청서'를 제기하게 되었다. 이에 대한 자세한 이야기는 뒤에서 다시 하겠다.

그 당시 나는 다시 취업 시장에 뛰어 들어야 하나, 말아야 하나 등등 생각이 많아졌다. 재미있을 것 같고, 잘할 것 같은 일, 예를 들면 여행가이드나, 기자 같은 직업에 도전해 보아야 하나, 혹은 통·번역대학원을 가야 하나 하는 고민을 했다. 기자나 여행가이드 같은 일은 당시에만 해도 그 일을 수행하는 '개인'의 역량이 더 중요하게 생각되었다. 기자는 소위 '글빨'이 중요하고, 여행가이드는 고객 모객, 관광자원 설명, 친화력 등의 요소가 좌지우지 하니까 말이다.

결과부터 말하자면, 나는 영어 통·번역 직무로 면접을 봐서 방위산업체로 분류되는 중소기업에 2015년 4월 11일, 입사를 하게 된다. 이것이 내겐 또 하나의 전환점이 되었다. 드디어 나는 첫 정규직 직장생활을 시작하게 된 것이다.

내가 입사를 한 회사 본사는 경기도에 있었다. 그리고 나는 서울 연구소 연구지원팀에서 근무했다. 입사하고 나서 2주 동안 나는 전임자로부터 인수인계를 받았다. 회사에 처음 입사하고 나서 한 달 반 정도는 내 인생의 첫 정규직이기에, 회사에 적응하기 위해 많은 노력을 했다. 이때, 전임자로부터는 산술적으로 이 회사에서 1주일 동안 평균 하루 야근을 했다고 들었다. 그런데 이러한 전임자의 말과 내가 떠맡아야 했던 팀의 업무량은 괴리가 있었다. 입사하고 6~7주차에 일주일 중 하루를 빼고 저녁 9시에서 11시까지 항상 야근을 했다.

결국 나는 이 회사에 적응하는 게 힘이 들었다. 그런데 내가 다니는 회사에 적응하지 못한 이유는 거의 매일 야근을 하는 상황 말고도 또 있다. 나와 두 좌석 옆자리에 앉은 K 과장님의 '부정적인 감정의 표현'으로 인해서 나는 회사 다니기가 정말 힘이 들었다.

그래서 나는 한 달 반 동안 근무를 하면서, 구인구직 사이트에 내 이력서를 올려놓았다. 그걸 보고 두 군데에서 연락이 왔다. 그중 한 군데는 내가 불평불만이 가장 높을 때 연락이 와서 면접을 보았으나, 결과가 호의적이지 않았다. 면접을 본 측에서는 1~2주 있다가 투입될 인원을 원했으나, 나는 면접에서 만약 퇴사 의지를 굳혔다면, '후임자를 물색하고 인수인계를 하는 것까지 한 달 정도는 필요하다'고 대답해서 안 된 걸로 추정된다.

첫 해외 출장을 다녀오다

회사 생활이 그렇다고 해서 반드시 나쁘기만 한 것은 아니었다. 그해 5월 12일부터 22일까지는 미국으로 출장을 다녀오기도 했다. 그때 나는 삼성동에 있는 강남운전면허 시험장으로 국제 운전면허증을 발급 받으러 가는 길에 고등학교 친구들의 단체 대화방에서 헛소리를 지껄이고 싶은 충동을 발산하니 욕지거리와 방을 나갈 거라는 경고가 들어왔다. 해당 단체대화방에서는 내가 하는 언

어유희 장난에 재미를 못 느끼는 친구들이 있다. 과거에 내가 종종 도를 넘게 말장난을 해서 실제로 대화방을 나가기도 했다. 그런 조짐이 또 보인다고 판단했는지, 친구는 방을 나가겠다는 신호를 보냈다. 그래서 나는 자제를 했다.

어쨌든, 나는 11년 만에 다시 가는 미국이라서 감회가 남달랐다. 회사 생활하면서 첫 출장이니 긴장이 되기도 했다. 통역은 힘들었지만, 워싱턴 D. C, 노스캐롤라이나 샬럿(Charlotte), LA를 다녀왔다는 것 자체만으로 그동안의 노고가 보상받는 느낌도 있었다.

그러나 출장을 다녀와서도 늘 야근을 하는 회사 생활과 사람관계는 변하지 않았다. 2016년 5월 31일, 헤드헌터로부터 통·번역

포지션을 제안받고, 확정이 되지도 않았는데도 옆자리에 앉은 동료에게 회사 퇴사 절차가 어떻게 되는지 사내 메신저로 물어 보았다. 그러다가 팀장님과 면담을 했으나, 결국 내가 한 말을 번복하고 회사에 남게 되었다.

팀장님으로부터 스탠딩 데스크 사용을 허락받다

내가 서서 일하는 것을 선호한다는 사실을 인지한 것은 2015년이다. 정확히 말하면, 내가 원하면 서서도 그리고 앉아서도 일할 수 있는 하이브리드 환경을 선호했던 것이다. 전 직장에서 사용했던 스탠딩 책상의 유형은 일반 책상 위에 올려놓고 위아래로 높이 조절이 가능한 유형이다.

이 유형의 스탠딩 책상을 사용하면 결정적인 단점이 있다. 그건 바로, 책상 아래로 발이 들어갈 공간이 잘 확보가 되지 않는다는 점이다. 처음에 바체어(Bar Chair)를 쇼핑몰에서 인도 받았을 때, '절삭'을 요청하지 않아서 지금보다 더 앉기 힘들었던 적이 있다. 위아래로 높이 조절을 할 수 있는 공기 유압식 의자인 닐세리크(Nil-serik) 제품을 써보기도 했지만, 등받이가 없다는 단점이 있었다.

그래서 이케아(IKEA) 닐세리크를 배달 받고 이틀 만에 등받이가 있는 스탠딩 의자를 사기로 결심을 다시 하게 된다.

스탠딩 책상과 앉은키가 높은 바체어를 사용하는 환경을 조성하기까지 신중과 조심을 기했다. 틈날 때마다 팀원들에게 서서 일하는 게 업무 집중도를 높여준다고 밑밥을 깔았다. 종종 내 자리에서서 서류를 보았으며, 옆 팀 과장님들과 술을 마실 기회가 있을 때마다 서서 일하고 싶다는 의견을 피력했다. 과장님들은 팀장님에게 건의해 보라고 했고, 나는 이 조언을 이행했다. 다행스럽게도, 팀장님은 수용해주셨다.

팀장님에게 허락을 얻을 당시 옆에 있던 K 과장님이 "들어온 지 얼마 안 된 신입사원이 그런 것을 사용하면 어떻게 해요?"라고 이의를 제기했다. 그러나 K 과장님은 애초부터 거리감이 느껴졌던 분이기도 했다. 이때 K 과장님을 제외한 대부분의 '주요' 사내 구성원으로부터 허락을 득한 것으로 기억한다. 그래서 스탠딩 데스크를 주문했고, 입사 만 두 달 만에 나는 원하던 대로 서서 일할 수 있게 되었다. 2016년 6월 14일의 일이었다.

사회 부적응자의 사회 적응기

Part 3
한국의 회사 생활에서 이야기하면 안 되는 것들

01

후식 내기, 그리고 점심 메뉴도 불만을 말하면 안 된다

내가 다니던 서울 연구소에는 연구지원팀 외에 연구 1&2팀이 있었다. 내가 과거형을 쓴 이유는 서울 연구소가 2017년 4월에 경기도 본사로 통합 이전을 했기 때문이다.

보통 연구 2팀과 점심을 종종 먹었다. 편의점에서 점심을 먹을 때도 있고, 점심시간에 구내식당처럼 운영되는 카페에서 먹을 때도 있었다. 편의점도 회사 건물에서 나와서 도보로 5분이 채 안 걸려서 도착할 수 있는 장점이 있었다. 종종 밥을 먹고 나면, 가위바위보를 해서 음료수 내기나 디저트 내기를 했다. 나는 보통 우유를 마셨다. 한두 번이야 상관없지만, 관습적인 내기에 끼고 싶은 마음은 없었다. 그러나 참여를 종용하는 집단의 압력이라고 해야 할까. 2016년 6월만 해도 아직 두 달밖에 안 되어서 그런지 이 당시에는 계속 내기에 참여했다.

2팀에서는 점심때 편의점에 가서 먹는 것을 좋아하는 몇몇 분들이 있었다. 그러나 나는 편의점 도시락을 좋아하지 않는다. MSG(인공조미료)가 많이 들어가서 결코 내 건강에 좋을 것 같지 않아서이다. 그래도 우선은 내 기호를 드러내기보다는 함께 생활하는 사람들의 기호에 나를 맞추었다.

L 대리님의 조언, "까라면 까는 게 좋을 것이다"

나보다 2주 후에 입사한 L 대리님과 술을 마셨다. L 대리님이 전 직장에서 근무했을 당시 스탠딩 데스크를 썼던 사람은 업무를 빈틈없이 했던 사람이었고, 직급도 높은 사람이었다고 한다. 나처럼 들어온 지 얼마 안 된 신입사원이 아니라는 말이다.

L 대리님과 나누었던 대화의 결론은 결국 내 의견을 줄여야 한다는 것이다. 사람들이 어떤 방향으로 인도하면, 보통은 그게 정답일 가능성이 높다고 한다. 따라서 그 말을 따라야 한다고 조언해주셨다. 일단은 그걸 따르는 걸 시도해 보아야 한다고 충고했다. 나는 희귀한 사람이고, 나와 갈등을 빚고 있는 K 과장님은 개성이 강한 분이라고 한다. 만약 내가 화를 내면, K 과장님은 나를 이해하지 못한다. 왜 내가 K 과장님을 이해하지 않으려고 하는지 물었다.

역지사지라고 한다. 내가 보기에 한숨을 자주 쉬는 K 과장님은 다 혈질인 것 같다. 그런데 일방적으로 내가 이해를 해야만 하는지 사실 납득이 잘 되지 않았다.

회사에서 K 과장님은 상위 포식자이다. 만약 내가 '지금'과 같은 방식을 쭉 이어 간다면, 좋을 게 없다는 충고를 받았다. 2팀이 염려하는 건 내가 더 이상 안 되겠다 싶어서 다 뒤집어엎고 퇴사하면 어쩌나 하는 점이라는 것이다. 내가 K 과장님의 부하직원이면 부하직원답게 행동하라는 게 L 대리님과 나눈 이야기의 요점이다. 3개월 인턴 2번, 6개월 계약직 1번인 내 경력을 보았을 때, L 대리님은 우리 팀이 나를 신입으로 여기는지 아니면 경력직으로 여기는지가 궁금하다고 한다.

우리는 회사가 아니라 군대에 다니는 걸까

나는 우리나라 직장에서 이렇게 무조건의 상명하복 문화가 과연 정당한지에 대한 의문을 품고 있다. 부하직원이면 상사의 의견에 무조건 따라야 한다는 것은 일본 제국주의 문화와 또 군사독재 시절의 군대 문화가 내려온 관습의 하나일 뿐이다. 회사는 군대가 아니다. 그러나 우리나라에선 개인의 취향 같은 것은 없다. 앞서 말했던 점심 메뉴조차 개인이 자유롭게 선택할 수 없는 직장 문화인 것이다. 만일 다른 걸 먹고 싶다거나 조직과 다른 의견을 내놓는다면 사회성이 부족한 사람으로 낙인찍히기십상이다.

업무상에서 합리적인 의견을 말하는 것도 상사의 눈치를 봐야 하고, 그게 설사 옳은 의견일지라도 상사의 의견과 다르다는 이유 하나만으로 눈 밖에 날 수도 있다. 이런 일이 반복되면 마치 조선 시대에 왕의 의견에 반기를 드는 것과 같은 역적 아닌 역적이 되기도 한다.

합리적인 사회에서는 아주 당연한 일인데도 우리나라에서는 자기 의견을 말하는 게 팀워크를 해치고, 상사에게 대든다는 인식이 강한 것이다. 하지만 이런 분위기에서 과연 회사가 제대로 발전할 수 있을지 나는 의문이 든다. 분명한 건 우리는 회사에 다니는 것이지, 군대에 속해 있는 건 아니라는 사실이다.

02

미국 인디아나 주로 두 번째 해외 출장을 가다

2016년 5월에는 워싱턴과 LA를, 7월에는 시카고와 인디아나로 출장을 갔다. 지난번 첫 미국 출장에서 인상적이었던 면모는 강렬한 대마초 냄새를 덜레스(Dulles) 공항 입국과 동시에 맞이했다는 점이다.

첫 출장에는 '처음'이라는 부담감이 있었다. 게다가, 연구소 소장님과 단둘이 열흘 가까이 업무를 수행했던 지라, 여러모로 부담감이 양쪽에서 나를 옥죄는 듯했다. 하지만 이번에는 처음도 아니고, 과장님, 차장님들과 함께하는 출장이라 지난 번보다는 중압감이 상대적으로 덜 했다. 그렇다고 해서 내가 출장의 목적에 대해 소홀히 생각한다는 건 아니지만 말이다.

본래 7월 10일, 비행기로 입국을 예정하다가, 어쩌다 보니 하루 일찍 7월 9일 토요일에 입국했다. 오전 9시 30분 즈음 도착해서 1시간 반 정도 입국수속을 마치고, 렌터카를 빌리고 하니 11시 반 정오 즈음이 됐던 것 같다. 운이 좋아서 일반석에서 프레스티지석으로 좌석이 업그레이드 되기도 했다.

7월 11일 월요일에는 본격적인 출장 일정의 시작이라, 9시부터 미팅을 시작해서, 5~6시까지 안건에 대해서 논의했다. 월요일에 주요 이슈들에 대해서 확인하고, 화요일 - 수요일 - 목요일에 주요 문제들을 해결하고 금요일에 회의록 작성 뒤 확인을 하는 일정이다. 월요일에 주로 말로 이루어지는 게 많아서, 통역하기가 가장 녹녹치 않은 날이었다.

지난 출장처럼 계약과 같은 부분을 다루는 것과 같이 민감한 부분은 없었지만 말이다. 아무튼, 키보드를 두들기고 노트에 기록하면서 상급자들의 한국어를 통역하는 일도 그렇고, 미국 측 담당자들의 영문을 국문으로 통역하는 일도 오후부터는 피곤하다.

출장 업무에서 만족감을 느끼다

피로도가 쌓이는 4시 정도쯤부터는 문장 단위로 끊어서 할 것을 요청하곤 한다. 월요일에는 일을 마치고 담당자가 저녁을 산다고 해서 저녁을 얻어먹고, 근처 몰에서 구경을 하다가 숙소에서 내용 정리를 하고 나니, 자정이 되어 있었다.

화요일에는 그 전날의 피로가 누적되어서인지, 나와 같은 방을 쓰는 차장님은 저녁 식욕이 없었고 어떻게 하다 보니 바로 당일 미팅에 대한 정리록을 쓰게 되었다. 화요일에는 8시~8시 반에 일정이 끝났다! 토요일 12시 비행기이고, 금요일에 일정을 최대한 일찍 마치면 아마 금요일 오후 반나절 정도는 관광의 여지가 있지 않을까 싶다.

현재 시간, 오전 7시 12분 수요일. 지난 일요일부터 금요일까지 우리가 머물렀던 호텔 '퀄리티 인 앤 스위츠(Quality Inn & Suites)' 로비에서 서반어를 사용하는 분과 잠깐 흥이 나서 서반어로 대화했던 건 재미있었다. 안 쓰던 근육이나, 감각을 다시 깨우는 느낌이랄까. 헬스를 할 때 한계를 밀어부치는 느낌으로 한 개만 더, 한 개만 더 하는 그런 류의 도전을 이 분과 대화하면서 서반어 단어를 쥐어 짜내며 느꼈던 것 같다.

회사에 다니면서 내가 맡은 업무만 이렇게 열심히 하면 좋겠다. 그런데 회사는 나에게 다른 것들을 요구한다. 바로 상명하복의 인간관계가 업무보다 더 중요하게 여겨지는 것이 내겐 너무 적응하기가 힘든 면이다. 충분히 나도 이런 해외 출장에서처럼 회사 생활에서 활력을 찾고 보람을 찾을 수 있는데도, 내가 한국 사회에서 사회 부적응자로 낙인찍혀 있는 것이 한편으론 억울하기도 하다.

03

기획된 우연과 삶의 방향성

기획된 우연, 이 말은 2016년 8월 무렵, 모교의 경력개발센터에 계신 선생님에게 들은 말이다. 2016년 초, 재직 중인 회사에 들어오기 전에 여행 가이드를 할까, 기자를 할까, 혹은 그 당시 하고 있던 통·번역을 계속해야 할지, '남들처럼' 안정적인 월급을 주는 직종에서 일을 해야 할지 고민했다. 당시 나를 상담해준 선생님께서는 내가 진정 마음이 가는 것을 하라고 말씀해주셨다.

그에 대한 이유는 다음과 같다.

첫 번째 이유는 이미 2015년부터 내가 원하는 삶을 살기 위해 꾸준히 노력을 해왔고, 여태까지 해왔던 경력이나 경험들이 결코 가치가 없는 것들이 아니기 때문이라는 것이었다. 두 번째는 내가 하고자 하는 바가 뜻대로 풀리지 않아도 영어를 통해서 밥벌이하고 살 차선책이 있다는 것이었다.

국내에 체류 중인 영미권 외국인들을 대상으로, 버스를 빌려서 국내 명소에 버스를 타고 가서 관광을 시켜주는 프로그램을 제공하는 여행사에서 일하는 것에 나는 흥미가 생겼다. 지금 재직 중인 회사에 면접을 보기 바로 전 주에 해당 여행사 여행에 합류해서 대전, 진주 군항제 그리고 부산 Holi Hai 축제를 보고 돌아오는 2박 3일 일정으로 한국인 스텝(STAFF)을 맡아서 해보았다. 그리고 내가 이 3일이라는 기간 동안 얼마나 잘하는가에 따라서 근무 조건을 이야기해보자고 여행사 사장님이 제안했다.

당시에 Yes라고 했지만, 대형 버스 4대에 해당하는 200명에 가까운 많은 인원, 복잡한 일정, 버스 배정표 그리고 압박감으로 인해 당시 여행은 즐겁지는 않았다. 처음에는 이런 여행 패턴에 적응하기 위해 내 돈 내고 부담 없이 여행에 참여하는 식으로 해야 하지 않나 하는 생각까지 들 정도였다.

2016년 하반기에 강원도로 트레킹(Trekking) 하는 당일치기 여행을 함께 갔다 오기도 했으나, 여행 '사업'이 아닌 여행 가이드를 하는 것에 대한 열망이 점점 옅어졌다. 내가 근무를 원했던 직종인 통·번역사, 기자, 여행 가이드는 타인들과 유기적으로 일하는 것도 필요하지만, 일당 백의 성격을 많이 가진다는 특성을 파악했다. 한국 특유의 수직적 조직문화로부터 상대적으로 영향을 덜 받지 않을까 싶었다. 물론 속한 조직의 특성에 따라 편차가 있을 것이지만 말이다.

내가 현재 통·번역 업무를 하는 게 우연이지만, 내가 추구하는 방향성과 궤가 일치하는 것 같아서, 선생님께서 '기획된 우연'이라고 언급해주신 게 아닐까 싶다.

"원하는 삶을 구현하기 위한 과정의 단계들을 하나하나 이행하고 그 과정에서 행복, 쾌감, 만족감을 느끼고 있고 앞으로도 느낄 수 있으면 좋겠다. 미래가 기대된다, 앞으로 얼마나 더 재미있는 나날들이 펼쳐질지, 아니면 그 반대가 기다릴지 말이다."

"업무적인 것 말고 말 걸지 마세요!"라고 선포하다

2016년 8월의 일이었다. 앞서 언급했지만, K 과장님은 나와 맞지 않았다. 내 입장에서 볼 때 K 과장님은 간단하게 이야기하자면 본인의 주장이나 가치관을 고집하는 분이셨다. 비영리재단이나 몇몇 회사를 빼면, 직장이라는 곳은 영리를 목적으로 사람들이 모인 것이라 학교나 동아리와 같은 곳과 비교해서 개인과 맞는 사람을 찾는 게 더욱 어렵다. 나는 나름대로 K 과장님과 친밀해져 보려고도 했고, 그분의 기준에 맞춰보려고 내 딴에는 많은 노력을 했다고 생각한다. 하지만 도무지 맞지 않는 걸 어떻게 할까. 나와 K 과장님과의 사이는 그 거리가 결코 좁혀지지 않았다.

나는 결국 K 과장님에게 "업무적인 것 말고 말 걸지 마세요!"

라고 부탁하게 된다. 이러한 부탁을 하게 된 계기는, 8월 어느 날 점심시간에 동료 직원들과 다 같이 엘리베이터를 타고 내려가면서 시작되었다. 다른 부서에서 근무하는 한 분이 나에게 "(내 옆자리에 앉은) J님과 친하지 않아요?" 하고 물어 봤다. 그런데 그 옆에 있던 K 과장님이 "친하긴 뭐가 친해요!"라고 화를 내면서 한소리 하신 것이 발단이 되었다.

물론 나는 그 전부터 K 과장님과 함께 일하기 어렵다고 생각하고 있었다. 지난 2016년 5월에도 K 과장님이 긍정적이지 못한 소리를 종종 하셔서, 순간적으로 '욱'해서 J님에게 "여기 퇴직 프로세스 어떻게 되요?" 하고 묻기도 했다. 이 사실이 팀장님에게 보고되었으나, 우발적인 언행이었다고 말을 번복하고 나서 회사 잘 다니고 싶다고 이야기했다. 그리고 다행스럽게 계속 잘 다녔다.

이런 비하인드스토리가 있기에 K 과장님의 말을 듣고 나는 화가 났다. 왜 내가 다른 부서의 직원들이 있는 이런 엘리베이터라는 사적 공간에서 K 과장님한테 이런 소리를 들어야 하나 하고 말이다. 그래서 그때 나는 K 과장님과 업무적인 대화 외에는 말을 섞지 않는 게 나의 정신 건강에 이롭겠다는 판단에 이르게 되었다. 예전부터 다른 사람들에게 K 과장님 때문에 힘든 내색을 하면, 그럼 아예 담쌓고 살든가 아니면 잘 지내는 수밖에 없다는 조언을 받은 적이 있었기 때문이다.

내가 하는 업무는 K 과장님과 엮인 게 없었다. 나는 회사의 해외 업무를 담당해서, 주로 위에서 직접 업무를 하달받았기 때문이다. 또 내가 이러한 결정을 내린 이유는 K 과장님과 잘 지내려고 무척 노력했지만 잘 안 되었고, 우리 회사 또 다른 분이 K 과장님과 업무상 필요한 말만 했던 선례가 있었기 때문이다. 나는 여기에서 K 과장님과 나의 관계에서 해결책의 영감을 얻었던 것이다. K 과장님은 회사 안에서 은연중 본인만의 강한 이미지를 구축했기에, 나는 과감하게 K 과장님으로부터 반대 노선을 타는 것을 결심하고, 행동으로 옮기게 된 것이다. 이 결정에 대해 후회가 없었고, 퇴사하기 전까지는 만족하며 회사를 잘 다녔다.

04

공포, 화 같은 부정적인 감정을 피하려는 방어기제가 발달하다

2016년 8월 31일 상담일지에 따르면, 선생님은 내가 분노, 슬픔, 공포와 같은 감정기제에서 회피하는 걸 시도한다고 한다. 이와 관련된 일이 생기면, 나는 다른 주제로 회피하려고 하는 경향이 있다고 한다. 선생님이 나에게 준 시사점은 나의 문제는 회사가 아닌, 오랜 기간 동안 지속되는 따뜻한 관계 안에 있다고 했다.

같은 해, 9월 7일 상담. 보통 상담하면 1시간 조금 넘게 끝났다. 원래는 1시간이다. 만약 이런 상황이 밖에서 이루어지면, 누군가는 질척거린다고 느낄 수 있다. 그렇게 느끼면 보고 싶지 않을 수 있다. 이날 상담하면서 이야기하고 싶었던 것은 장기적으로 사람들과 친밀한 관계를 맺고 유지하는 것이다. 자기 조절력이 낮으면, 자기와 가치관이 다를 때 불쾌감을 잘 느낀다고 한다. 그리고 상대방의 마음을 꾸준히 살피는 것이 어렵다. 핵심을 잘못 짚는 경우도 많다고 한다. 내겐 핵심을 짚는 훈련이 필요한 것 같다.

같은 해, 9월 9일. 첫 민사소송(지급명령신청서) 제기는 전자소송을 통해서 했다. 드디어 벼르던 지급명령신청서를 작성해 전자소송 사이트에서 비용까지 다 납부했다. 비용은 3만 원 조금 더 들었다.

그런데 이보다 더 어려웠던 것은, 비용을 산출했던 방식이라고 해야 할까. 지방법원에 직접 방문하는 번거로움을 덜어주긴 했지만, 전자소송 웹사이트 이용은 결코 쉽지 않았다. 그리하여 나는 법률구조공단 132번과 (법률)사용자 지원센터 3480-1715에 종종 전화해서 방법을 꼬치꼬치 캐물어서 문서를 완성했다. 우선 전자소송 웹사이트는 내가 사용하는 구글 크롬 브라우저로는 접속이 안 된다. 인터넷 익스플로어를 사용해야 들어갈 수 있다.

통·번역사 수요공급의 불균형으로 '갑질' 하는 곳이 많아지다

법 관련된 일에 종사하는 지인에게 물어보니, 소액이니 지급명령신청서를 작성하라고 제언을 해주었다. 변호사도, 법무사도 필요 없이 혼자 인터넷을 보면서 할 수 있다고 하면서 말이다. 실제로 이렇게 하고 나니 마음이 편하다. 이 통·번역센터를 검색해 보니, 통·번역사들에게 종종 입금 처리를 안 해준 듯싶다. 조금만 검색해 봐도 이 악명은 흔하게 나왔다. 진즉에 검색해 보고 일을 맡을 걸 그랬다. 하지만 검색해 보니, 미지급건에 대한 불평불만 사례가 최근 일자가 많긴 하다.

통·번역사의 인력풀들은 점점 늘어가고, 그에 비해 수요는 한정적이어서 소위 '갑질'하는 곳이 많다는 게 그간 통·번역사들로부터 들은 바이다. 물론 찾고 또 찾고, 경력도 좀 쌓이고 그러면, 괜찮은 여건의 직장을 구할 수 있다. 물론 이건 통·번역 직종 말고 다른 직종도 마찬가지겠지만 말이다.

월급날이었는데도, 필자가 재직 중인 회사에 임원들을 제외한 모든 근로자들에게 그동안 밀린 월급들을 지급하겠다는 공지가 전날 임직원들에게 보내졌다. 너무나 당연한 거긴 하지만, 직원들은 이를 매우 다행으로 여긴 반면, 임원 분들은 아직 월급이 일부 밀려 있으니, 그다지 좋은 상황은 아니었다. 나는 예전에 했던 통·번역 아르바이트비도 아직 못 받아 소송도 제기 중인데, 안팎으로 어쨌든 어수선하다.

소송 제기, 원고 – 피고와 같은 단어들을 마주 하니 갑자기 주진우 기자가 떠오른다. 개인으로서 세 자릿수에 달하는 수의 소송을 제기 당해본 주진우 기자. 좌우 안 가리고, 개인의 영달이나 이해관계보다는, 언론의 참된 역할을 하고자 노력했던 그 주진우 기자 말이다. 그래서인지 오죽하면 기업 대표나 힘 있고 영향력 있는 사람들도, 소송을 당하면 주진우 기자에게 자문을 구한다는 말이 들릴 정도이니, 주진우 기자가 얼마나 많은 소송을 당해 봤는지 가늠이 되지 않을까 싶다. 일개 개인이면 평생 소송을 한 번 당하는 것만으로도 심장이 매우 쫄깃쫄깃할 것 같은데, 이러한 소송들을 동시 다발적으로 소화한 적도 있다는 주진우 기자가 불현듯 생각나는 이유가 뭘까.

Part 4

직장에 대한 다양한 시선들

01

비정규직 명찰들이 눈에 띄는 인천 공항 입국 심사대를 거치며

회사에 들어와서 드디어 세 번째 출장을 또 가게 되었다. 원래는 9월 첫째 주인 8월 29일~9월 2일 주간으로도 다녀올 수 있었을 뻔했으나, 그게 여의치 않아서 추석 주간에 가게 되었다. 묘하다. Somehow Bittersweet. 출장을 안 갔다면, 회사에서 월요일, 화요일 근무했을까. 아니면 가지고 있는 연차를 소진해서 쉬었을까. 처음 출장 갔을 때는 긴장도 많이 하고, 전날 야근을 10시까지 하기도 했는데, 이제는 그렇게 늦게까지는 일하지 않는 대신, 사무실에 가서 간단하게 할 일을 마치고는 바로 인천 공항으로 갔다.

드디어 공항에 도착했다. 도착하자 눈에 띄는 것은 비정규직 명찰들이다. 내가 유난히 아르바이트나 계약직을 많이 거쳐왔기에 더 시선이 가는지도 모르겠다. 어쨌든 인천공항 입국 수속대 등에서 일하는 분들의 명함에는 'XXXX'와 같은 하도급 업체들의 이름이 적혀져 있다. 도장을 찍어 주시는 분들, 보안대에서 출국자들의 짐을 엑스레이((X-ray)를 통과시키고, 그들의 몸을 수색하는 역할 등을 담당하는 분들의 명찰에는 그들의 이름과 소속된 회사의 이름이 적혀져 있다.

뉴스를 접하다 보면 인천 공항이 세계에서 손꼽히는 공항이어서, 7년인가 연속으로 1등으로 등극하기도 했다고 한다. 그래서 인천 공항으로 인해 최고 공항을 가리는 상을 더 이상 안 주기로 했다는 뉴스 기사를 접한 적도 있다. 그런데 이 최고의 공항을 구성하는 구성원들의 87%가 비정규직이다. 기형적인 고용구조가 아닌가.

고용주의 마음속에 있는 생각, '너 아니어도 일할 사람 많아'

세계적으로 선진국, 중진국 가릴 것 없이, '정규직'이라는 양질의 일자리는 제한적이고 점점 축소되고 있다. 또 계약직으로 회사를 운영해도 점점 문제가 될 것이 없는 구조로 변화되어 가는 듯하다. 이제는 100세 시대이고, 회사가 더 이상 개개인의 평생 고용을 보장해주지 않는 21세기가 된 것이다.

미시적인 측면에서는 개개인들이 자신만의 생계 노하우에 대한 전략을 잘 짜야 하는 측면이 있다. 또 거시적인 측면에서는 지역사회 커뮤니티, 친구 공동체와 더불어서 어떻게 하면 같이 잘 먹고 잘 살지를 고민해 보아야 한다. 현재 한국 사회에서는 많은 고용주의 마음속에 '너 아니어도 일할 사람이 많아'와 같은 마음가짐이 있는 것 같다.

언론에서는 아이를 안 낳는다느니, 결혼 인구가 줄었다는 말 등을 많이 한다. 그런데 인구가 좀 준다는 게 그렇게 나쁜 걸까. 노동 가능 인구가 줄어들면 덕을 덜 볼 사람들을 안내해주는 링크(http://cafe.daum.net/ssaumjil/LnOm/1674594?q=D_l4P_Yn3ZGvWT4lu2TJrMRA00&svc)가 있는데, 이게 참 시원하게 누가 득을 볼지 언급한다. 내용을 간단히 요약하자면, 인구 감소라는 현상은 평범한 민중, 시민의 삶에 재앙이라기보다는 기업에게 재앙인 것이다. 간단한 일례로, 한국보다 먼저 고령사회에 다다른 일본의 예시를 볼까? 2016년과 2018년, 일본의 대졸 취업률은 96에서 98%라고 한다. 한국은 60%에 미치지 못하는 데 말이다.

소위, '딩크(DINK, Double Income No Kid)족'으로 "아이 안 키우고, 그 돈 우리끼리 쓸래요"라는 부부와 커플도 점진적으로 늘어나는 요즈음이다. 내 한 몸 하나 건사하기도 힘든데, 아이 낳아서 내가 가진 금융 자원과 시간 자원을 왜 들이부어야 하는지 반드시 한번 생각해 보아야 한다. 아이를 낳기 전에, 또한 아이를 낳고 나서 아이에게 들이붇는 돈을 어림잡아 추산해보고 나서, 그러고도 은퇴 자금이 충분하면 출산에 주저할 필요는 없을 것 같다. 이런 이야기를 하는 이유는 2016년 기준, 한국의 노인빈곤율이 47.7%로 2명 중 1명은 빈곤하기 때문이다.

삶에 의미를 부여하고, 목적이 있는 삶을 살아가기 위한 삶의 방향성과 목표를 설정해서 한 걸음 한 걸음 도약하는 재미를 느끼고 그 과정을 즐기는 삶을 살아가기를 희망한다.

나는 2006년 12월에 인천 공항을 통해서 한국으로 들어온 이래로, 10년 동안 제주도 말고는 비행기를 탈 일이 없었다. 그런데 올해만도 5월, 7월 그리고 이번 출장을 포함해서 3번이나 미국에 가게 되었다. 첫 번째 출장 당시에는 미국에 가서 12년 만에 친구를 만났던 사실이 매우 반가웠다. 첫 출장은 여러 모로 긴장의 도가니에 휩싸였던 경험이었다. 시간이 가면서 조금씩 나아지긴 했지만, 출장길은 여전히 조금은 긴장되는 게 사실이다. 왜냐하면 순수한 여행길이 아니라, 업무의 연장이기 때문이다.

첫 번째 출장은, 사업적인 측면에 대해서 논의하는 것에 대해 통역을 하러 가는 것이라서 통역에 대한 부담이 두 번째 출장보다는 더 거세었다. 이번 세 번째 출장의 목적은 첫 번째 출장의 목적과 유사했다. 미국 협력사와 계약에 관한 내용에 대해 논의하고 협상했다.

02

세 번째 출장길, 비행기에서 만난 사람들

2016년 9월 11일, 11시 30분. 나는 세 번째 해외 출장을 위해 LA 현지시간에 노스캐롤라이나 샬롯으로 이륙하는 비행기에 탑승했다. 한국에서 미국을 오가는 에어버스 A380, 보잉 기종과 같이 2층으로 구성되어 있지는 않은, 중소형 크기의 비행기를 타고 말이다.

나는 오랫동안 좌석에 앉아 있는 것을 그리 좋아하지 않는다. 그래서 비행기 맨 뒤로 이동해서 다리를 풀고 있던 차에, 문득 한국 국적 비행기를 타고 미국에 온 것과, 미국 안에서 미국 국적 항공사를 통해 또 다른 목적지로 비행기를 타고 간 것에 대한 차이점이 눈에 들어왔다.

먼저, 한국 남녀 비행기 승무원의 평균 나이/외적 생명력 및 매력도와 외국 승무원의 평균 나이/외적 생명력. 여기에서 한국과 미국의 서비스업에 대한 차이가 많이 느껴졌다고 해야 할까. 어제 타고 온 국내 D항공 승무원들은 '죄송합니다, 감사합니다'와 같은 사죄와 감사의 인사가 상대적으로 더 잦다고 볼 수 있겠다. 한 마디로 감정노동이 더 강하다.

또한, 한국 전문대학들에는 여러 항공운항 학과들이 있고, 보통 해당 학과에 진학하는 이들은 외형적인 매력이 일반인에 비해서는 더 높다. 보통 20~30대가 많다. 그러나 지금 내가 탑승 중인 미국 항공사인 A항공만 해도 승무원들은 우리가 흔하게 길에서 마주칠 수 있는 아주머니 아저씨와 같은 30~50대 분들이 더 많다. 이 점에 주목해 봐야 하지 않을까.

두 번째, 한국 비행기에서는 좌석 위에 안전벨트를 매라는 사인이 뜨면, 승무원과 잡담을 하던 중이거나, 복도를 걷는 중에도 승무원이 자리에 가서 안전벨트를 매라고 안내해준다. 미국 비행기는 이런 게 없는 건가. 안전벨트를 매라는 사인이 있어도 사람들은 무시하고 화장실에도 잘 간다. 물론 처음에 이착륙할 때를 제외하고 말이다.

그 다음에 세 번째로는 지금 내가 타고 있는 A항공 비행기에 탑승한 다른 사람들은 D항공 비행기를 탔던 사람들보다 책을 보거나 문서 작업을 하는 비율이 더 높다. 그만큼 우리나라 사람들이 독서를 하는 게 일상화되지 않았다는 반증이다. 외국 사람들은 어디에 있든, 그게 풀밭이든, 비행기 안이든, 집안이든 책을 손에서

놓지 않는 경향이 많다.

중년의 인도 신사와 나눈 대화

나는 이 비행기 안에서 중년의 인도 분과 한 시간가량 이야기를 나눌 수 있었다. 생면부지인 이 인도 분과의 대화 내용을 복기해 보자면, 인도의 결혼 제도, 카스트 시스템 등에 대해서 대화를 나누었던 기억이 있다. 나와 대화를 나누었던 이 분은 결혼을 했으며, 결혼한 지는 9년 정도 되었고, 7살이 된 딸아이가 있다고 했다. 그리고 가족이 모두 미국으로 여행을 온 것이라고 한다.

약간 놀라웠던 것은, 4달 동안의 여행이라는 사실이었다! 4달? 안식년 휴가 같은 것도 내가 아는 선에선 1~2달로 알고 있는데, 어떻게 4달이 가능할까? 물어 보니, 일하는 회사 사장이 자기 친구라고 한다. 아무래도 친구가 회사 사장이면 편의를 더 잘 봐줘서 이런 장기간의 휴가를 얻을 수 있었던 것 같다.

인도에서는 아직 부모가 자식의 결혼에 관여하는 문화가 강하게 남아 있다고 한다. 카스트 제도가 없어진 줄 알았는데, 아직도 카스트 제도가 영향을 많이 미친다고 한다. 어떻게 영향을 미치느냐 하면, 남자와 여자가 결혼을 하기 위해 인도에서 1순위로 중요한 것은 결혼하는 당사자들이 '동일한' 카스트이냐 아니냐에 따른 것이라고 한다.

내가 예전에 책에서 보고 이해했던 카스트 제도는, 브라만으로 시작해서 4단계로 계급이 나누어지는 줄 알았다. 그런데 나와 이야기했던 이 중년의 인도 신사에 따르면, 그 계급이 더 다양하게 세분화가 된 것처럼 설명했다. 이 분에 따르면, 인도에서 카스트 다음으로 중요한 것은 한국과 마찬가지로 경제력이라고 한다. 예를 들어, 개개인이 지속적인 수입원이 있어서 스스로를 지탱할 수 있는지, 없는지와 같은 것 말이다.

이 인도 분은 자기가 사는 곳이 어디, 어디라고 이야기를 해주긴 했는데, 기억은 나지 않는다. 뭄바이가 아니라는 것만은 확실하지만 말이다. 이 분과 이야기를 하면서 우리가 동의한 사실은, 수도권에서 자기 집을 마련한다는 것은 너무나도 비싸다는 사실이다. 이 중년의 인도 분이 몸담고 있는 업종이 철강이라서, 나는 "그럼 포스코를 아시나요?"라고 물어 보았다. 다행히 안다고 대답했다.

외국인들끼리 만나면 통상 묻는 말이 있다. 즉, 처음에 어느 나라 사람이냐고 서로 묻는 과정 말이다. 이때 그는 나를 보고 'Korea, China?' 순으로 물었는데, 우리나라를 중국보다 먼저 물은 것은 좀 놀라웠다. 국력의 힘이나, 인구수로 보면, 보통 China? Japan? Korea? 순으로 외국인들은 묻곤 하기 때문이다. 알고 봤더니, 이 인도 분은 이미 이전에 한국 사람들을 많이 접해봐서 내 생김새로 유추를 한 것이지만.

생판 모르는 사람과 이야기를 나누고, 서로 소통하면서 친구가 되는 것은 유쾌한 경험이다. 이게 여행이 주는 묘미가 아닐까. 생면부지 사이에 한 시간 정도 대화를 하고 나니, 피로도가 높아져서 각자의 자리로 돌아갔다. 추석 당일에 한국으로 복귀하는 촘촘한 스케줄의 출장이긴 하지만, 업무는 엄격하게 진행하고 또 사적인 영역에서는 최대한 재미를 끌어내도록 노력하면 이 또한 좋은 경험이 되리라고 믿는다.

50대 미국 아저씨와 나눈 대화

LA에서 샬롯까지 비행기로 약 4시간 걸린다. 그래서 중년의 인도 신사와 한 시간 가량 대화를 나눈 후, 내 자리로 돌아왔다. 그리고 앉아 있다 보니, 또 내 옆자리에 앉은 미국 아저씨와 이야기꽃을 피우게 되었다.

이 50대 미국 아저씨는 기술적인 감사일을 한다고 했다. 샬롯에는 오늘 일요일에 갔다가 목요일에 복귀하는 일정이라고 한다. 샬롯에 가는 것은 일로 인해서 가는 것이고, 보통 일주일에 네 차례 정도 간다고 한다. 아저씨가 감사하는 대상들은 금융 기관이라고 했다. 금융 기관의 범주가 너무 넓다고 생각되어서, 나는 "아메리카 뱅크와 같은 상업 은행, 생명 보험 회사, 화재 회사 등과 같은 것을 다루나요?" 하고 물어보았다. 그랬더니 아저씨는 큰 기관들의 소프트웨어와 Governance, 그리고 내부 시스템은 여러모로 비슷해서 그것들이 얼마나 잘 작동하는지, 알고리즘과 코딩들이 제대로 되어 있는지를 감사하는 게 자신의 역할이라고 대답했다.

이 미국 아저씨가 보안 관련된 업무를 한다고 해서, 불현듯이 NSA(National Security Agency, 미국항공우주국)에서 보안 문서들을 유출해서 미국 사회에 큰 파장을 불러일으켰던 에드워드 스노든이라는 사람이 떠올랐다. 이번 미국 출장에서, 에드워드 스노든과 관련된 영화 혹은 드라마 전광판을 보아서 더욱 그랬다.

그래서 아저씨에게 스노든에 대해서 어떻게 생각하는지 물어봤다. 아저씨는 연방정부가 임직원들을 제대로 견제를 못했다는 이야기를 하셨다. 그러면서 한 임직원 개개인이 접속할 수 있는 데이터를 제한하고 규제했어야 하는데, 이를 못했다는 식으로 대답했다. 직업정신이 투철하게 묻어져 나오는 대답이다.

그 외에, 나는 요즈음 아저씨의 관심사가 뭐냐고 물어보았다. 그리고 이에 대한 대답으로 아저씨는 가족들과 시간을 보내는 것과 하이킹이라고 대답을 해주셨다. 그러다가 대화 주제가 어쩌다 정치 쪽으로 잠깐 빠져서, 도널드 트럼프가 어떻게 공화당 주자로 나오게 되었는지 그 연유부터 시작해서, 본인은 이번 선거에서 양당을 지지하지 않는다는 의견까지 알려주셨다. 또한 4년 전 공화당 대선 주자가 누구였는지 함께 떠올려보기도 하면서 30~40분 동안 나는 이 50대 미국 아저씨와 즐거운 대화를 이어갔다. 덕분에 LA에서 샬롯으로 가는 여정이 더 새로웠던 것 같다.

03

4주간 휴가를 필리핀에서 보내려는 분과의 이야기

2016년 9월 15일, 드디어 출장을 마치고 한국으로 돌아오는 비행기에 탑승했다. 그런데 이 비행기 안에서 4주 동안 필리핀에서 휴가를 보내려는 분과 이야기를 나누게 되었다. 애틀랜타에서 출발해서 서울로 가는 비행기를 타고 가던 중이었다. 이 분은 결혼해서 아이가 있는 백인이었다.

고향은 애틀랜타이고 졸업한 대학교는 조지아주립대학교(Georgia State University)라고 했다. 또 이 분은 재택근무를 한다고 했다. 그가 재택근무를 할 수 있는 이유는 간부는 아니지만, 높은 직급으로 인해서라고 한다. 그래서 본인이 원한다면, 열심히 일해서 오후 2시에도 일을 다 마치고 자유 시간을 누릴 수 있다고 한다.

이 분의 재택근무 이야기를 듣고서 나는 다소 흥분했다. 한국에서의 경우는 출산이나 신체적인 이유와 같이 특별한 경우가 아니면 일반적으로 재택근무가 어려우니까 말이다. 노마드(Nomad, 유목민)적인 삶의 양식에 한껏 고취되어 있던 나로서는 꽤나 흥미를 끄는 화젯거리였다.

나는 신이 나서 작년 8월부터 12월까지 내가 한국의 이곳저곳에 파견 근무를 다녔던 이야기를 나누었다. 이분의 지인 중 한 사람은 프로그래머인데, 프로그래밍 프로젝트를 해외에서 진행하면서, 보수는 미국 달러($)로 지불 받고, 자신의 생활은 또 다른 해외에서 하고 있다는 이야기를 들었다.

회사에서 오래 버티는 방법

이런 이야기를 듣고 있노라면, 나도 저절로 그렇게 살고 싶다는 열망이 더욱 강해진다. 또 본업인 프로그래밍을 하면서, 해외 이곳저곳에서 살았던 경험을 모아서 이를 책으로 출판한 블로거도 있다고 했다. 이 분은 자신도 만약 결혼을 하지 않았고, 아이가 없다면 그렇게 살았을 텐데, 라고 말했다. 이 말에서 무언가 진한 아쉬움이 묻어 나오는 듯 했다.

이 분은 현재 회사에서 12년 동안 버티기 위해서, 열심히 본인의 업무 말고도, 이 업무 저 업무를 했다고 한다. 같은 업무만 하면 재미없으니까, 같은 업무만 수년 혹은 수십 년째 하는 사람을 두고

'Silo'라고 표현한다.

싸일로는 커리어 측면에서 정체되어서 회사 입장에서는 어려워지면 정리해고 대상에서 높은 순위를 차지한다고 한다. 무수한 사람들이 해고당했던 상황에서 그래도 회사에서 버틴 사람이 소수이고, 자신은 그 소수에 속했다고 한다. 이러한 이야기를 듣고 있노라니, 이 분의 역량이 분명히 탁월하지 않았을까 하는 짐작을 하게 만든다.

우리는 미국과 한국의 유사한 일자리 문제에 대해서 논했다. 미국에서도 역사학과 같은 전공을 가지고 석사나 박사 학위를 취득해도 일자리를 구하는 데 도움이 안 된다는 이야기부터 시작해, MBA 과정을 마치고 이전보다 더 좋은 직장을 가진다는 것은 10~20년 전에나 해당 된다는 이야기까지 다양하게 풀어갔다. 이런 이야기를 하다 보니, 정말 미국이나 한국이나 일자리 상황은 비슷하구나 하는 것을 알 수 있었다.

04

인생 2모작, 준비해야 하지 않을까

한국은 OECD 약 28개국 기준에서 멕시코 다음으로 직장에서의 근무 시간이 긴 나라이다. IMF 이전에 회사가 개인의 인생을 책임지는 제도에서라면 이해가 될 수 있다. 종신고용으로 회사가 나의 인생을 책임져줄 테니, 충성을 다하라 뭐 그런 식이겠지. 그런데 이제 상황은 다르다. 회사는 임직원들의 인생을 책임져주지 않는다. 개인의 인생을 책임질 사람은 개인밖에 없다.

2016년 9월 15일, 세 번째 미국 출장에서 귀국하기 전날이었다. 업무가 있었던 회사와의 미팅을 마치고 나서, 간부님들과 저녁식사 후 방에서 간단하게 맥주 한 잔을 했다. 그러다가 다들 방으로 돌아가시고 한 간부님과 나, 둘만 남았다.

관심사 이야기를 하다 보니 간부님처럼 조직생활을 20년 이상

하시면서 50대에 들어선 분이 새로 사업을 하는 것은 위험이 너무 크다고 말씀하셨다.

보통 회사에서는 사원, 대리, 과장, 차장, 부장, 이사, …… 사장의 순으로 진급을 한다. 재직 중인 회사 내에서 해당 진급 체제에 매력을 느낀다면 어떻게 진급할지 전략을 잘 짜면 된다. 그렇지 않으면, 몇 가지 선택을 해야 한다. 하는 일은 마음에 드는데 현재 회사가 마음에 드는지, 안 드는지와 같은 여부 말이다. 개개인의 인생관과 가치, 그리고 직장 및 사람에 대한 기대는 다를 것이다. 인생 2모작을 30대에 준비해야 하지 않을까, 라는 생각은 철저히 주관적인 것이다.

20대에 이모작을 준비하는 것은 사실 현실적으로 어렵다. 업무적이든 인간적이든 많이 깨져보고, 여러 가지 경험이 필요한 나이가 20대이니 말이다. 다만, 한 회사의 경영자는 아니지만, 자기 자신의 인생의 경영자인 우리에게 필요한 것은 성장이다. 스스로 설정해 놓은 모습과 목표를 향해 한 걸음 더 성장하는 것이다.

좋아하는 일을 해야 할까, 잘하는 일을 해야 할까

나의 경우 책을 쓰고 싶다는 열망을 3~4년 전부터 가지고 있었다. 그리고 이 열망을 실제로 구현하기 위해서 올해 1월부터 집필

하기 시작했다. 초반 두세 달 정도는 스윙댄스 동호회에 제법 참석하기도 했지만, 남는 시간은 모두 원고 작성에 심혈을 기울였다. 그동안 작성한 기록물들을 파일로 철했고, 이중에서 원고로 작성할 만한 글감들을 모두 한곳에 모았다.

이렇게 넉 달을 하고 나니, 원고를 완성할 수 있었고, 출판사에 투고를 거친 끝에, 출판 계약을 할 수 있었다. 이 시간 중에 가장 중요했던 것은 마감 기한을 정하는 것이었다. 기자처럼 글 쓰는 일을 생업으로 삼아 마감기한이 있는 글을 작성하는 사람이 아니라면, 그동안 쓴 글들을 모아서 책으로 내는 것은 적지 않은 개인 시간을 요한다. 나의 경우에는 상반기 안에 원고를 마감한다는 목표가 있었다. 그리고 다행스럽게도 이러한 목표를 나는 달성할 수 있었다. 나는 무언가를 꼼꼼하게 기록하고, 그걸 모아서 집필하는 것을 좋아한다. 즐긴다고 할 수 있다.

누구나 한번쯤은 좋아하는 일을 해야 할까, 잘하는 일을 해야 할까를 고민해 본 적이 있을 것이다. 좋아하는 일을 하기 위해서는 싫어하는 일을 해야 한다. 개그맨 K는 이전에 TV에 나와 이런 말을 한 적이 있다. “주 7일 중, 5일은 하고 싶지 않은 일을 하고, 남은 2일 정도는 하고 싶은 일을 하면 되지 않나요?”라고 말이다.

나이키 창업자, 필 나이트는 사업을 시작한 뒤에도 본업인 회계사 일을 한동안 계속했다. 필 나이트가 회계사 일을 그만둔 건 픽업트럭에 실어둔 신발들을 판 수익이 기존의 직장에서 벌었던 돈을 상회할 때였다고 한다. 애플 컴퓨터를 발명한 뒤 스티브 워즈니악은 스티브 잡스와 함께 창업했지만, 그 뒤로도 본래 직장인 휴렛 팩커드에서 계속 일했다. 구글 창립자 래리 페이지와 세르게이 브린도 마찬가지다. 인터넷 검색 기능을 향상시키는 방법을 알아낸 뒤 한참 지나서야 대학원을 휴학했다.

이렇게 본업을 유지하려는 습성을 『오리지널스』의 저자인 애덤 그랜트는 다음과 같이 설명한다. 성공하는 사람들은 일상 생활에서도 주식 포트폴리오를 관리하는 방식을 적용하기 때문에 자신의 삶도 성공시킨다고 한다. 사람은 한 분야에서 위험을 감수하면 다른 분야에서는 신중하게 처신함으로써 위험을 상쇄시켜 전체적인 위험 수준을 관리한다는 것이다. 한 분야에서 안정감을 확보하면 다른 분야에서는 자유롭게 독창성을 발휘할 수 있다는 말이다. 이런 면에서 최고의 기업가들은 실제로는 위험을 무릅쓰기보다는 위험 요소를 아예 제거해버리는 사람들에 더 가깝다고 볼 수 있다.

Part 5

불편한 시선을 향한 좌충우돌 적응기

01

병원에 가도 의사 말에 무조건 "까라면 까!"야 되나

지금으로부터 약 10년 전 즈음, 부산에서 1년 정도 거주한 적이 있었다. 부산에는 무연고나 가까웠는데, 하필 그때 어머니께서 치아가 불편하셔서 집 인근 치과에서 진료를 받으셨다. 그러다가 치과 의사가 어머니께 임플란트를 유도했다. 그리고 어쩌다 보니 어머니께서는 임플란트를 하라는 치과 의사의 권유에 생니를 뽑았다. 어머니께서는 그 치과 의사를 아직도 아주 나쁜 놈이라고 욕을 하고, 많이 후회하신다.

이런 모습을 지켜봤던 나로서는, 병원 의사들의 말을 곧이곧대로 믿지는 않는다. 진료진과 의사 선생님들도 사람이라서 실수, 오진을 할 수도 있다. 게다가 요즈음 들어서 '과잉 진료'라는 말이 나오는데, 몇 년 전부터 나 같은 일반인들 사이에서도 급속히 유포되기 시작했다.

내가 지금처럼 한 직장에 안착해서 근무를 하지 않았던 2015년 같은 때에는, 서강대 대흥역 인근에 위치한 H치과에 가서 치아 검진을 받기도 했다. 요즘도 그런지 모르겠으나, 이 치과에서는 코디네이터나 치위생사 없이 원장님 혼자 1인 다역을 맡으며, 하루에 30명 정도 진료해서 이것으로 유명해졌다. 작년에 갔을 때만 해도, 7시에서 8시 사이에는 도착해서 번호표를 받아야 간신히 진료가 가능했다.

2016년 5월, 회사에서 실시하는 건강 검진을 받았는데, 치과에서 왼쪽 어금니에 씌어 놓은 금 인레이를 뜯어내고 크라운을 씌우라고 권유했다. 그 당일에 바로 하면 내가 받기 원하는 진료인 스케일링 비용을 면제해주겠다고 하면서 말이다. 나는 잠시의 망설임도 없이 바로 거절했다.

과잉 진료 이후에 증폭된 병원에 대한 불신감

그 뒤로 얼마 안 있다가, 회사 야간 미팅 전에 짬이 나서 인근 치과에 가서 한 번 더 검진을 받아 봤다. 통상 치과에서는 일반 엑스레이를 찍고, 필요에 따라서 작은 엑스레이 사진까지 두 차례 정밀 사진을 찍는다. 검사 비용은 의료 보험 적용이 될 경우, 진료비까지 포함해서 2만 원 안팎으로 나왔던 것 같다. 여기에서도 인레이를 뜯어봐야 신경치료를 할지, 다시 인레이로 덧씌울지, 아니면 크라운을 할지 결정할 수 있을 거라고 말했다.

그런데도 나는 한 번 정도 더 다른 치과에서 최종 검진을 받고 싶었다. 내가 그렇게 좋아하는 '양심 치과'에서 말이다. 포털 사이트에서 '양심 치과'를 키워드로 놓고 검색하면, 요즘은 치과 스스로 양심치과라고 종종 마케팅을 한다. 본래 진정성을 가지고 양심 치과를 추천한 곳은 82cook이라는 어머니(맘)들의 인터넷 커뮤니티에서이다. 여기에서 내가 근무하는 지역의 구, 동, 유명한 지명 등을 키워드로 놓고 검색을 하다가, 결국은 강남역 인근의 치과에서 마지막 진료를 받아 봤다.

여기 원장님께서는 지금 내 치아가 가진 증상이 100명에 한두 명 나타나는 증상으로, 원장님 자신도 그 증상이 있다고 한다. 이에 대한 치료법으로 우선 치아 아래에 주사를 놓아 주는 잇몸 치료를 시술했다. 그리고 내게 센소다인과 같은 시린이 전용 치약을 사용하고, 치간 칫솔을 사용하라고 말씀해주셨다. 인레이나 혹은 크라운을 씌우는 비용으로 60~70만 원까지 지출할 것을 각오했는데, 정말 다행스런 일이었다. 특히 내 치아와 내가 가진 증상에 대해서 잘 알고 계셨던 치과 원장님을 만나게 된 점에 대해서 매우 감사히 여길 따름이다.

고무줄처럼 늘어나는 예약 시간

물론, 이처럼 원장님이 좋으셨지만 이후에 다시 한 달 만에 내방해서 충치 치료를 받으려고 했으나, 문제점이 보였다. 내가 분명히 예약했는데도 한 시간을 기다려서 진료 받았다는 점이다. 또 30분을 기다리다가 카운터에 계신 직원 분께 언제 진료받을 수 있느냐고 물어보았다. 그랬더니 10~20분 더 남았다는 말에 나는 언짢아졌다.

이렇게 오래 기다릴 거면 내가 왜 예약을 왜 했는지, 그리고 점심시간에 시간을 내서 진료 받으러 갔는데 이렇게 오래 기다리는 환자에게 얼마나 더 기다릴 것 같다는 말도 해주지 않는 점이 정말 불만스러웠다. 그래도 진료가 끝나고 나서 이러한 언짢음을 원장님에게 명확히 전달하고 나니, 원장님께서 내 입장을 충분히 공감해주셨다. 나는 속으로 '그래, 그래도 여기는 여전히 올만한 곳이야. 암암'이라고 생각하게 되었다.

나도 아마추어라, 어떤 곳이 양심치과인지 정확히 구분하고 판별해낼 역량은 없다. 그러나 친구들의 입소문, 해당 계통에서 근무하는 친구의 추천, 다 없으면 나처럼 인터넷에서 열심히 손품 팔면서 찾는 수밖에 없다. 그리고 보통 열심히 찾다 보면, 괜찮은 곳을 찾을 수 있을 것이다.

내 경험상 결론을 이야기하자면, 치과에서 한 번 검진 받고 바로 진료 받기보다는, 적어도 두세 군데 정도 가보고 진료 받기를 권한다. 그러면 예상 외로 진료 비용을 수십 만 원 정도 나처럼 절약 할 수도 있다. 즉 4~6만 원(순수 엑스레이 촬영 및 검진 비용)으로 과잉 진료 및 오진을 예방할 수 있다는 말이다.

02

상담센터에서 열한 번째 상담을 받다

앞에서도 언급했듯이, 2016년 9월 무렵에 나는 1주일에 한 번씩 상담센터로 상담을 받으러 갔다. 열한 번째 상담을 받으러 가던 즈음이었다. 이맘때쯤 난 항상 상담을 받으러 가기 전에 만반의 준비를 하고 갔다. 상담센터에 가서 무슨 이야기를 할지 같은 것 말이다. 상담센터에 가기 전, 노트에 내가 회사로부터 원하는 것 2개 기술, 회사의 현황 기술, 회사의 장점 기술, 그리고 회사 안에서 지금 내가 가지고 있는 문제점을 4개 정도 써보았다.

그런데 막상 상담센터에 가서는 내가 이렇게 준비한 것들보다는 온전히 '나'에 대해서 이야기하긴 했지만 말이다. 다행스럽게도, 나는 이 당시 재직 중이었던 회사의 여러 요소들이 통제가 가능했다. 회사 생활이 어떠냐고 물어보면 자신 있게 함박웃음을 지을 수 있는 것으로 그 대답을 대신할 정도로 말이다.

물론 이런 회사 생활 안에서도 몇몇 고충과 힘들게 하는 점들은 있게 마련이다. 예를 들어, 점심을 같이 먹기 가장 편안한 분들이 편의점에서 점심을 먹어서, '저녁은 굶더라도 점심은 파워 런치'라는 신조를 가지고 있는 나와는 기조가 다르다는 경우 같은 것 말이다. 이런 것들은 사소하지만 신경 쓰이는 고민이랄까.

방어기제는 나에게 '악영향'을 끼치고 있다

한때 인문, 심리 분야에서 1위를 달렸던 '자존감 수업'이라는 책에서는 사람의 자존감을 구성하는 것은 크게 3가지라고 한다. 자기 효능감, 자기 조절감 그리고 자기 안전감. 얼마나 쓸모 있는 사람으로 느끼는지의 자기 효능감, 마음대로 하고 싶은 본능인 자기 조절감, 자존감의 바탕이 되는 가진 것이 별로 없어도 자존감이 높은 자기 안전감이 있다고 한다.

열한 번째 상담을 하면서 제법 깊숙한 곳까지 들어갔다. 나는 불안함을 느끼고 있고, 그 이유로는 친구들이 나를 떠나지 않을까 하는 두려움이 기저에 있었다. 2015년 친구들의 감정을 희생(도를 넘게 기분 나쁘게)해서 친구들과의 관계가 심하게 훼손되었던 적이 있었다.

상담센터 선생님과 대화를 나누던 중, 내가 슬퍼지거나 우울

해지면 다른 주제나 상대적으로 중요하지 않은 주제로 넘어가려는 경향이 있다는 사실을 알려주셨다. 그리고 현재와 같은 부정적인 감정을 대처하는 방어기제는 나에게 '악영향'을 끼치고 있다고 언급하면서 말이다. 부정적인 감정을 느끼면 이에 대해서 솔직하고 조심스럽게 발현하는 게 내 몸과 마음의 건강에 도움이 되겠다는 걸 느낀다. 더 중요한 건 이론도 이론이지만, 실천과 그리고 시행착오가 아닐까 싶다.

열한 번째 상담을 하면서는, 내가 대화를 하면서 소위 점프를 하지 않았다는 점에서 나도 그렇고 선생님도 그렇고 여태까지 상담 중 대화 밀도가 제일 높았다. 그리고 그동안 보여주었던 산만함이 이번에는 느껴지지 않았다고 언급해 주셨다. 노력하니, 무언가 개량되는 것이 느껴진다. 어제보다 더 나은 내일이 되기 위해서 계속 노력해야겠다.

03

상사에게 사과하는 과정을 배우다

역시 2016년쯤 일이었다. 어느 날, 오전에 출근하자마자 원래대로라면 다음과 같이 상사에게 사과하려고 계획했다.

"지난번에 말을 과하게 했던 점에 대해서 사과드리고 싶네요. 죄송합니다."

그러나 상사가 이날 지방으로 출장 가서 그다음 날이나 혹은 더 있어야 복귀를 한다는 소식을 어렴풋이 들었다. 그래서 상사에게 이날 오전에 사과를 하려던 내 계획은 그렇게 어긋나버렸다.

하지만 상사가 나를 괘씸하게 여겨서, 아마 그 상사와 나 사이의 자리에 앉아 있는 내 동료에게 나를 안하무인에, 위아래 없는 사람으로 정의하고, 나와 업무적인 말 이외에는 섞지 말라고 종용하지 않았을까 싶다. 그 동료가 먼저 와 있어서 인사를 건네면, 인사

이상으로는 더 이상 대꾸를 하지 않는 게 기본 설정이 되어 있는 것 같아서 말이다.

원래도 말이 그렇게 많은 것은 아니지만, 서로가 서로에게 마음먹고 '사무적인 말만 해야지'와 같은 생각으로 일하면, 서로가 매우 껄끄럽지 않을까 싶다. 이런 상황이 이제 넌덜머리가 나는 것 같다. 이제 나의 계획이 헝클어졌다. 다른 팀 상사 두 분에게 우리 팀 상사가 출장을 가서 사과를 못 드리게 되었다는 이야기를 털어놓았다.

무엇을 사과하려는 것인지 물었다. 나는 그에 대한 답변으로 일전에 말을 다소 과하게 한 점을 짚었다. 과하게 한 점에 대해서 상세히 부연 설명하고 나자, 이를 잠자코 듣던 그분은 "지금 본인이 편하고자 사과하는 거예요? 관계를 개선하고자 사과하는 거예요? 내가 봤을 땐 전자 같은데"라고 일침을 놓았다.

그분들이 보았을 때 관계를 개선하기 위해서는, 내가 '팀'의 일원으로서, 상사분이 나에게 업무를 도와달라고 하면 빼지 않고 도와줄 용의가 있냐는 것이다. 당연히 나도 업무시간 중에나, 바쁘지 않을 때는 도움을 드리는 것에 대해서 전혀 불평불만이 없다.

그러나 우리 팀의 상사님이 주로 하고 있는 업무는 상사님 본연의 업무가 아니다. 그런데 그 업무를 떠맡은 것이다. 그래, 떠맡은 것까지야 좋다. 그런데 그로 인해서 팀원이나 다른 직원들에게 매번 도와달라고 종용하고, 사람 없다고 불평불만이 매일같이 나온다. 아니 그럼 애초에 그 업무를 못 한다고 딱 부러지게 말했어야 하는데, 상사님은 그것을 못한 것이다.

불합리한 지시에도 '까라면 까!'야 한다

내가 화나는 건, 상사가 시킨 불합리한 지시를 이행한다고 해서, 내가 그 불합리한 지시에 대해서 "그건 부당하다, 내가 해당 업무를 왜 해야 되는지 묻고, 난 '내 업무'를 하러 온 사람이지 상사님이 미처 소화하지 못하는 업무 뒤치다꺼리를 하러 온 사람이 아니다"라고 당당하게 말할 수 없는 회사 분위기다. 내가 이런 불만을 은연중에 말했다가, 지금 내 상황이 뭔가 자충수를 둔 것 같아서 사과까지 해야 하는 것이다.

내가 불합리한 상황에 대해 부당하다고 의견을 밝힌 결과가, 상사와의 관계의 추에서 내가 지금 불리한 형국에 놓이게 한 것이다. 난 단지 불합리한 것을 말한 것뿐인데, 회사 분위기는 마치 내가 상사한테 한방 먹인 셈이 되어버린 것이다. 이로 인해 뭔가 상사님과 잘 지내기 위해서는 오히려 내가 자발적으로 상사님이 원하는 내 노동력을 상사가 필요하실 때 제공해야 한다는, 뭐 그런 상황이 되어버린 것이다. 정말 어이가 없는 일이다. 하지만 우리나라의 직장 생활에선 어쩌면 흔히 일어날 수 있는 경우일 수 있다.

이러한 문제에 대해서 내가 어떻게 행동하는 것이 좋은지 선배

분들에게 조언을 듣고 계속 생각해봤다. 결론은 우선 상사님이 출장에서 돌아오면 사과를 해보고, 사과를 받는지 안 받는지 지켜보는 수밖에 없다는 것이다. 그리고 사과를 받고 나서도 내가 원하는 인사 정도를 나누는 사이가 되거나, 격의없이 대화를 할 수 있는 정도로 관계에 큰 변화가 없으면, 상사와는 물리적으로 자리를 떨어져 앉는 방법이 차선책이다.

이날은 상사와의 관계와 사과를 하면 받을까 안 받을까, 와 같은 생각들로 도무지 업무에 집중이 되지 않았다. 스트레스도 정말 많이 받은 날이었다. 또한 회사 안에 많은 분들이 지금 이 상황이 어떻게 귀결될지 다들 지켜보고 있었다. 나 또한, 내 사과의 결말이 어떻게 될지 궁금하다.

우리나라는 전국이 군대다!

불현듯 생각이 났는데, 상사님과 나와는 그동안 제대로 된 대화를 가져본 적이 있나 싶을 정도로 딱히 둘이서 이야기해본 기억이 없다. 한 팀인데도 말이다. 물론 같은 팀이니, 야근할 때 팀끼리 저녁도 먹는다. 그렇지만 입사하고 나서 팀 회식을 두 번 했으나, 둘이서 5분 이상 이야기한 기억이 없다.

나는 생각해 보았다. 상사한테 내가 회사 생활에서 원하는 게 무엇인지, 내가 어떤 사람인지, 무엇을 싫어하는지와 같은 바를 언급한 적이 있었는지 말이다. 다른 분에겐 언급했다. 부모님도 내 삶을 어떻게 살지 간섭하지 않는데, 타인이 내 인생과 나에 대해 '간섭'하는 것을 달가워하지 않는다는 것 말이다.

상사님에게 사과하는 과정은 다음과 같지 않을까 싶다.

"지난번에 제가 말을 조금 세게 했던 것 같아서, 그 점에 대해 사과하고 싶습니다. 죄송합니다."

이에 대한 반응은 아마 단답형이거나, 그다지 호의적인 반응이 아닐 거라고 강하게 예상한다. 왜냐하면 일전에 내가 상사님에게 필요한 말 이외에는 말 걸지 말라고 했을 당시, 처음에 내가 상사님 자리로 가서 "상사님, 부탁이 있습니다"로 대화를 시작했다. 그런데 상사님의 응답은 내가 말을 시작도 하지 않았는데, "싫어요"였다. 그런데 사실 나뿐만 아니라, 나 이외에도 상사님의 독선적인 방식을 꺼려하는 사람들이 더러 있는 걸로 알고 있다.

하지만 상사님으로부터 이번에 사과를 하고 응답을 받으면, 나는 상사님과 잘 지내고 싶다고 할 것이다. 그리고 서로가 서로에게 원하는 바가 무엇인지, 서로가 서로에 대해 불편해하고 불평불만이 무엇인지에 대해 이야기해보자고 제의를 할 것이다. 그래서 서로가 잘 지낼 수 있는 합의점을 찾을 수 있도록 말이다.

물론 우리나라 직장 문화에선 아랫사람이 윗사람에게 무조건 따라야 하는 분위기라, 나의 이런 제안 자체가 상사입장에선 기분 나쁘게 느껴질 수 있을 것이다. 그러나 언제까지 우리는 회사에서 조차 군대처럼 "까라면 무조건 까!"야만 할까. 나같이 좌충우돌하는 신입사원이 있어야 우리의 직장 문화도 바뀌지 않을까.

이제 시대는 바뀌고 있다. 수직적인 조직 문화가 아니라, 수평적인 조직 문화가 이루어져야 한다. 우리나라는 전국이 군대다. 온통 상명하복 관계이다. 그곳이 군대든, 직장이든, 집이든. 이처럼 우리가 그동안 너무나 당연하게 여겼던 불합리한 직장 문화와 직장 내 부당한 대우도 빨리 사라지는 때가 와야 한다. 그래야 당연한 걸 요구하는 내가 '괴짜 사원'으로 비치지 않을 것이다. 더 심하게 말하면, 사회 부적응자로 살아가지 않아도 될 것이다. 나도 상사와 잘 지내고 싶다. 내가 정당한 이야기를 했는데도, 한 발자국 물러서서 사과까지 해야 하는 상황까지 적응하려고 한다. 나도 평화롭게 회사에 다니길 희망한다.

04

불평등한 언어와 그밖의 불평등한 것들

한국어, 한국 언어에는 위계가 있다. 존댓말. 가족마다 부모와 자식 간에 존댓말을 쓰는 가정도, 반말을을 쓰는 가정도 있을 터이다. 반말로 부모와 소통하는 가정에서 자란 아이가 다른 집의 아주머니, 아저씨를 만나면 집에서 그랬듯이 반말을 할 것이다. 여기서 상대 부모들은 지적한다. 예를 들면, 다음과 같은 지적 말이다.

"'그거 줘'라고 하면 안 되지. 주세요, 라고 해야지."

'위'와 '아래'를 상정하는 건 뭘까. 절대적인 건 없고 상대적이지 않나? 맥락에 따라서 나이일 수도, 사회경제적 지위(경력, 금융 자산)일 수도 있을 텐데. 이놈의 위아래, 질서, 위계 때문에 우리 한국인은 소통에 있어서 다른 언어들보다 추가적인 비용이 훨씬 더 크게 든다는 게 어제 지인이 내게 해주었던 말이다. 참 공감되었다.

지인이 이 말을 하기 전에, 그가 대학생 시절 미국에 가서 생활하면서 큰 충격을 받았던 일을 밝혔다. 지인과 같이 수업을 듣던 학생이 맨 앞자리에서 두 다리를 책상에 올려놓고 수업을 들었다고 했다. 그런데 이런 태도를 가지고 수업을 들은 학생은 과 수석이었고, 그 학생은 해당 수업 교수와 소통하고 대화함에 있어 거리낌이 없고 매우 열성적이었다고 했다. 나도 미국에서 대학교를 1년 넘게 다녀 봤지만, 발을 올려놓고 수업을 들었던 학생을 본 적은 없는 것 같다. 하지만 이 일화에서 요점은 담당 수업 교수가 그만큼 권위적이지 않고, 학생과 수평적인 관계를 고수하기 위해 노력했다는 것이 아닐까.

한국 페미니즘의 현주소

페미니즘은 기존 가부장 중심, 남자 중심 이념에 대항하는 여성주의 담론이다. 여성의 사회, 정치, 법적 지위와 역할, 권리 및 기회의 평등을 핵심으로 하는 사회&정치적 운동 및 담론이다.

동서양을 떠나서 페미니즘에 불편해 하는 남성들은 많다. 페미니즘이라는 단어가 가지는 무게는 묵직하고 정치적으로 위험하다. 그래서 할리우드 여자 연예인들이 기자들로부터 페미니스트냐는 질문을 받고, 이에 솔직하게 답하는 이들도 있는가 하면, 엠마왓슨처럼 '페미니스트라는 낙인'이 찍히지 않기 위해 휴머니스트(인권

옹호론자) 같은 말로 자신을 에둘러 표현하는 이들도 있다.

페미니즘 이슈를 꺼내어 본 이유는, 한국 사회가 한 걸음 더 도약하기 위해서는 군대를 모태로 하는 직장 문화를 변혁해야 한다고 생각되어서 그런 것이다. '직장 문화하고 페미니즘 이슈가 무슨 상관이지?' 하고 의아할 수 있다. 부연 설명하자면, OECD의 연간 근로 시간은 집계표에 따르면, 멕시코의 2,228시간에 이어서, 한국이 2,184시간으로 2위라고 한다.

출퇴근 시간을 빼고, 1년 주중에 공휴일(빨간 날)이 없다고 가정하고 직접 계산해보니, 우리 직장인은 8시간 20분 정도를 직장에서 일한다. 요점은, 직장맘도 일할 수 있는 근로 문화를 한국 조직들이 만들어야 한다는 것이다. 밥 먹듯이 하는 야근, 경직된 조직 문화, 중앙 집권적(회장 집권적) 인사 제도들은 사실 여성뿐만 아니라 남성들에게도 버거운 직장 생활을 하면서 딸려오는 일종의 패키지들이다.

한국은 홍콩, 싱가포르, 일본 등의 동아시아 나라들과 함께 저출산이 매우 심각한 나라이다. 지금이야 청년들의 실업률이 심각하지만, 과연 10~20년 뒤에도 그럴까. 미래를 점칠 수 없어서 자세히는 모르겠지만, 지금의 일본처럼 구직자들을 유인할 제도와 시스템들을 만들어주지 않을까 싶다. 경착륙보다는 연착륙이 좋지 않을까 싶어서 조직 문화 개선과 같은 제안을 해보았다.

책 『100일 글쓰기 곰사람 프로젝트』 초기에 나왔던 기생충 학과 서민 교수 또한 방송에서 스스로 페미니스트라고 소개하고, 여성신문에 '서민의 페미니즘 혁명'이라는 이름으로 칼럼을 기고하고 있다. 철학자와 방송인이 서민 교수의 정체성을 해부하는 젠더 청문회를 하는데, 다음과 같은 내용을 언급한다.

"자신이 마초임을 숨기면서 여자와 친해지고 싶거나, 여자들의 사랑을 받고 싶어서 혹은 페미니즘이 경제적 수단이 된다고 하는 경우가 있다. 이런 걸 생존형·생계형 페미니스트라고 부른다."

국민의당 이언주 의원이 지난 7월 14일 "솔직히 조리사라는 게 별 게 아니다. 그냥 밥하는 아줌마다", "미친 X들이야 완전히"라는 발언으로 노동자와 여성을 동시에 모독한 적이 있기도 하다. 여성이 여성의 역할을 한정하고 제한시킴으로써 가부장제를 옹호하고 강화하는 이언주 의원의 경우를 여성의 여혐의 사례라고 볼 수 있지 않을까 싶다.

그래도 이제는 여성 인권에 대한 감수성이 조금씩 높아지고 있다고 하니 다행이라고 해야 할까.

성매매 합법화 문제

어느 날, 나는 토니 맥의 '성노동자들이 진정으로 원하는 법률'이라는 동영상을 보았다. 사실 '성매매 합법화' 문제는 매우 민감하다. 소위 '뜨거운 감자'라고 할 수 있다. '매춘은 근절되어야 한다!'라고 주장하는 사람들이 있다. 하지만 과연 이 주장도 "까라면 까!"처럼 그냥 맞다고 받아들여야 할까. 매춘을 무조건 막는다고 모든 것이 해결이 되는 것일까.

이 영상에 등장하는 토니 맥이라는 여성은 윤락업소에서 계약하고 1년간 일을 했다. 그러면서 여러 개념에 대해서 생각을 해보았다고 한다. 매춘, 남녀 불평등, 매춘은 자연발생적이다 뭐 이런 것들 말이다. 영상에서는 전 세계 성노동자들에게 적용되는 대표적인 두 가지 법률적 접근 사례를 소개했다. 그리고 이게 왜 효과가 없고 매춘 산업을 금지하면 성 노동자들의 상황이 악화되는 이유를 설명한다.

첫 번째 접근법은 매춘의 전면 금지이다. 성 구매자, 판매자, 제삼의 이해관계자(알선업자 등)를 모두 처벌하는 것이다. 그런데 아무리 매춘을 금지시켜도, 매춘 이외에 별달리 삶을 영위할 역량이 없는 사람은 법적으로 이를 막는다고 해도 결국엔 다시 매춘을 통해서 삶을 영위할 것이다. 위험을 감수해서라도 말이다. 불법화는 덫이고, 혹시나 경찰에 걸려서 매춘 기록이 남기라도 하면 남들과 같은 직업을 얻고 삶을 꾸리기 어려워진다. 이런 법은 매춘으로 돈을 벌었던 사람들로부터 계속 자신의 몸을 팔게 만들 뿐이었다. 법의 당초 의도와는 상반되게 말이다.

두 번째 접근법은 부분적 불법화이다. 성을 사고파는 일은 합법이지만, 그 외의 활동 예를 들어 성매매 업소 운영이나 호객행위는 처벌하는 것이다. 영국이나 프랑스가 이런 법을 적용한다. 매춘소가 있다는 건 보통 2명 이상이 함께 근무한다는 것이다. 그런데 이러한 매춘소를 금지하면 혼자 일하라는 셈이다. 그러면 손님들로부터 폭력과 구타에 더 쉽게 노출되는 것이다. 하지만 매춘소를 금지하면 업소에서 일하는 것도 위험해지게 된다. 법을 어기는 거니까 말이다.

거리 매춘 금지는 위해를 방지한다기보다는 더 큰 피해를 초래한다. 우선은 체포당하지 않기 위해 혼자 일하거나 어둡고 외딴곳에서 일함으로써 위험을 감수한다. 매춘하다가 걸리면 벌금을 무는데, 거리로 다시 돌아가지 않고 어떻게 그 벌금을 내겠는가. 악순환이다.

사회 부적응자의 사회 적응기

Part 6

퇴사와 새로운 출발을 위한 발걸음

01

미국 출장길에서 비행기를 놓치다

2016년 12월 8일, 시카고 오헤어 공항에 오전 8시 30분경 도착했다. 그리고 공항에서 알라모 렌터카에서 풀사이즈 차를 2대 대여했다. 첫째 날은 인디애나 주의 웨스트 라피엣(West Lafayette)에서 묵기로 해서, 오전과 이른 오후에는 관광 일정으로 채워졌다. 그래서 시카고에 있는 쉐드(Shedd) 수족관을 갔다가, 루 말나티 피자리아(Lou Malnati's Pizzeria)에서 딥 디쉬 피자를 흡입했다. 그러고 나서 숙소가 있는 인디애나 주로 바로 갈까 하다가 한 곳 더 찍고 가자고 해서, 시카고 미술관에 4시 좀 안 되서 입장했다가 5시에 퇴장해서 라피엣으로 이동했다. 총 6명의 인원들이 방 3개를 잡고, 월마트에서 간단히 장을 보고, 한 방에 모여서 술로 일일정산을 했다. 이로써 첫째 날 일정 종료.

둘째 날은 오전 9시부터 오후 5시 좀 넘어서까지 회의를 하고, 저녁 식사를 하고 나서, 다시 시카고로 복귀했다. 내가 재직 중인 회사 일을 미국에서 종종 대리해주시는 분이 나 대신 통역을 했던 관계로 이날은 내가 맡은 역할이 그렇게 많지 않았다. 시카고로 돌아와서, 함께 온 상관 분과 둘이 소주 페트병 640ml를 마시고 취침하며 일정이 종료되었다.

셋째 날은 오전 10시 25분에 오헤어 공항에서 비행기를 타서 시애틀에 내려야 했다. 그래서 오전 7시 40분에 로비에 모여서 카운터에서 계산을 하고 나니 8시 10분에서 30분경. 공항으로 이동해서 렌터카를 반납하고, 비행기 표를 끊고, 짐을 부치고, 보안 검색대를 거치니 무려 시간이 9시 40분에서 50분쯤이었다. 비행기에 탑승하는 게이트 근처에 있는 푸드코트에서 피자를 3판 시켜서 6명이 나누어 먹었다. 그리고 비행기를 타러 가는 길에 소장님께서 화장실에 가셨다.

나, 새 됐다!

좀 걷다가 나도 화장실에 입장했다. 소장님의 용무는 소변이었으나, 나의 용무는 양치였다. 양치하고 나서 탑승하는 게이트로 이동하니 소장님 말고 다른 분들은 다 있었다. 나는 그분들에게 물었다.

"소장님 어디 가셨어요?"

그분들 중 한 분이 다음과 같이 답했다.

"잘 모르겠어요."

나는 소장님을 보필해서 함께 모시고 들어가야 한다고 생각해서 다음처럼 말했다.

"소장님 오시는 것 확인하고 들어갈게요."

그런데 이때 시간이 아마 10시 10분에서 15분 즈음이었다. 이분들이 가고 얼마 안 되어서, 비행기 문이 닫혔다. 나는 몹시 당황해서 갑자기 멍해졌다. 그래서 막 나오는 공항 직원에게 비행기 안으로 들어가야 한다고 하니, 문이 닫혀 못 들어간다고 한다. 사정을 해보았으나 안 됐다.

'이런 젠장…….'

그런데 나중에 카톡이 온 것을 보니 소장님은 이미 탑승하셨다고 한다. 나, 새 됐다!

아메리칸 에어라인(American Airline)……, 이렇게 비행기를 놓치고 나니, 그제야 비행기 표에 있는 'door will be closed before 10 minutes of departure(출발하기 10분 전에 문이 닫힐 겁니다)'라는 문장이 매우 선명하게 보였다. 내가 비행기를 놓치니 해당 게이트에 있는 아메리칸 에어라인 직원이 다음 비행기 표라며, 오후 5시 20분 티켓을 준다. 7시간이 남았다. 나는 어디서 기다릴까 하다가, 30달러를 지불하고 공항 라운지에서 허탈한 마음을 달래기 위해 칵테일 두세 잔을 마셨다. 물론 술보다는 친구와의 통화와 채팅이 위로가 더 되었긴 했지만 말이다.

묵언 수행 7시간의 보상

드디어 7시간이 지나고 나자, 나는 비행기에 탑승했다. 그리고 3인석 좌석에서 중앙 자리에 앉게 된다. 비행기를 놓치고 다음 비행기 편을 기다리던 7시간 동안 우울 돋게 묵언 수행했던 것을 보상이라도 받는 느낌이라고 해야 할까. “say hello” 하며, 우선 오른쪽에 있는 친구와 인사를 하면서 말을 트기 시작했다. 이 친구는 시애틀 인근 출신이고, 시카고에는 컨퍼런스 때문에 왔다고 한다.

이 친구의 특징을 꼽자면 민머리(이하 민친, 민머리 친구)다. 민친은 학부에서 컴퓨터 공학을 전공했고, 현재 하는 일은 서버 관리라고 한다. 그래서 최근에 한 일은 오래된 서버를 새 서버로 업그레이드(migration)하는 작업이라고 했다. 그런데 민친이랑 이야기를 좀 하다가 내 국적인 south korea, republic korea에 대해서 이야기가 나왔다. 그랬더니, 나의 왼쪽에 있던 건축 석사 과정 마지막 학기를 밟고 있는 한 여성 분이 다음과 같은 말을 영어로 말했다.

“우리 할머니도 한국 사람인데!”

그러면서 대화를 시작했다. 자기는 르코르뷔지에가 어쩌고저쩌고부터 해서 말이지. 건축학 석사를 끝나면 변호사가 되기 위해서

bar exam(변호사 면허 취득하기 위해서 치르는 시험) 치르듯이, 건축사가 되기 위해서도 6가지 과목으로 구성된 국가시험에 합격해야 한다고 주절거렸다.

내 왼쪽에 앉았던 이 여성 분과의 대화가 끝나고 나니, 내 오른쪽에 있던 민친이는 내가 무얼 하는 사람인지 묻는 걸로 다시 말을 걸어왔다. 그래서 나는 오른쪽, 왼쪽으로 고개를 이동 시켰다가 다시 오른쪽으로 내 고개를 돌려서 대화를 시작했다. 다양한 주제에 대해서 이야기한 것 같다.

그중에서 예를 들면, 평생직장은 없고 40세가 되면 기업입장에서는 일반적인 근로자에 대해서 고용해서 얻는 효용성이 줄기 때문에 어떻게 해고할지를 고려하게 된다는 이야기 등이었다. 또 내가 취미로 하고 있는 방송(팟캐스트) 이야기도 했다. 이 방송을 어떻게 하게 되었는지, 팟캐스트를 하기 전에 비정상회담 영어 버전을 제작했다가 잘 안됐던 이야기 등등 말이다.

그밖에도 일의 구성요소, 개개인들이 일에 대해 기대하는 것들, 지금 하는 일과 나중에 하고 싶은 일과의 상관계수. 근로 시간, 서로의 관심사 등등에 대해서 이야기를 나누었던 것 같다. 민친님과는 대화 러닝타임이 못해도 30분은 되지 않았나 싶다. 뭔가 봇물 터지듯 입에서 말이 계속 나오는 게 아닌가. 덕분에 비행기를 놓쳐서 기다렸던 지루한 시간들이 정말 보상이 되는 듯했다.

02

퇴사가
코앞으로 다가오다

내가 근무하던 서울 연구소가 경기도 본사로 통합이전 된다는 소문은 2016년 10월부터 서서히 돌기 시작했다. 그리고 사장님이 통합이전을 천명한 것이 2017년 1월 초였다. 나의 출근지가 서초구 서초동에서 경기도 이천으로 바뀌게 되는 것이었다. 연구소 구성원들은 팀장님 및 연구소장님과 개별면담을 했고, 본사통합을 하고 나서도 재직이 가능한지, 지속적인 재직이 가능하려면 어떤 조건이 필요한 지에 대해서 논의를 했다.

사장님께서 사무실 이전을 거론하셨을 때, 내 목표는 퇴직금을 받는 것이었다. 퇴직금을 받고, 실업급여를 120일 받으면서 휴식을 취하는 게 내 목표였다. 서울 서초구 서초동에서 근무를 하다가, 경기도 이천시로 근무지가 변경된다면 누구나 한 번쯤은 회사를 계속 다녀야 하나 고민을 할 것이다. 나는 단지 하지 않겠다는 선택을 한 것이다.

사무실 이사 날짜는 조율을 하다 보니 2월, 3월에서 미루어지다가 4월이 되었다. 만약 이천 본사에 가게 된다면, 회사 내에 있는 기숙사가 제공될 것이다. 6개월 이상 재직했고, 근무지 이전으로 인해서 집과 회사 사이 거리가 대중교통으로 3시간 이상 소요되었기에 실업급여 수급 조건 또한 충족이 되었다.

실업급여는 자의로 퇴사하는 경우에는 수급 대상자가 아니다. 그러나 나의 경우처럼 근무지 이전이 되어 집에서 회사까지 통근이 3시간 이상 걸리는 경우, 권고사직 같은 경우에는 실업급여를 받을 수 있다. 단, 고용보험이 180일 이상 가입되어 있어야 한다는 전제 조건을 충족해야 한다.

함께 일했던 사람들의 나에 대한 피드백

2017년 4월쯤에 퇴사일이 확정되었다. 5월 29일 월요일이었다. 4월 24일 회사가 이천으로 통합되고 나서, 연휴를 보내고 3주차 되던 첫날이었다. 우리 팀은 아니고 옆 팀 팀장님하고 치킨, 소주 그리고 맥주를 함께 마셨다. 이 자리에서 지난주 수요일 연휴가 끝나고, 바비큐 파티를 하면서 재미있게 술 마셨던 이야기도 나왔다. 서초동으로 출근하다가 이천으로 출근해서 그런지, 몇몇 사람들이 계속 다녀야 되는지 말아야 되는지 싶은 기색에 대해서도 대화를 나누었다. 또 나에게도 화제가 돌려졌다. 퇴사한 이후 뭐 할 건지 등에 대해서 다들 물어보았다.

그리고 퇴사하기 전에 함께 일했던 사람들이 들려주었던 이런 저런 피드백도 이 자리에서 얻을 수 있었다.

우선 가장 많이, 그리고 직접 같이 일했던 연구소 소장님으로부터의 피드백이다.

1. 함께 일했던 협력사 측에서 너라는 사람의 신뢰성 & 책임감에 대해서 말이 나왔다.
2. (후임자에게 나에 대해 지나가듯이 하는 말인 듯이) "얘는 자기 관심이 없으면 열심히 안 해."
3. 신뢰성, 책임감, 사람들과의 관계 측면에서 아쉬움이 있다.

5월 31일, 이천에서 금천구청역까지 같이 차를 타고 이동했던 P 대리와 나누었던 말들이 또 생각난다.

P 대리님은 객관적으로 볼 때, 직장에서 '모범적'으로 생활하는 사람이다. 나를 별로 좋아하지 않으나, 근무 마지막 날이고, 내가

회사를 떠나기 전부터 P 대리님과 이야기하고 싶다고 말해서 이날 함께했다. P 대리님이 이천에서 거주할 만한 집을 알아보고 난 뒤, 나를 태우고 함께 금천구 방향으로 이동하면서 한 마디 던졌던 말이 있다.

"넌 일하는 방식이 사원이 아니라, 과장이나 차장 같아!."

한국 사회에서는 '계급', '직급'에 맞게 행동해야 한다는 암묵적인 규칙이 있다. 이 규칙은 문서로 정해진 것이 아니다. 그래서 사람마다 체감하는 정도가 다를 것이다. P 대리님이 느끼기에는, 내가 회사에서 일하는 방식이 최저 직급이 일하는 모습이 아니라고 판단했나 보다. 사실, 현재 일하고 있는 직장 이사님도 나처럼 일하려면 임원이나 사장이어야 한다는 말을 하셨다.

아마 내가 회사에서 평균적으로 한 시간에 한 번 정도, 학교 휴식 시간 마냥 나가서 10에서 20분 정도 쉬는 시간을 가지는 모습을 보고 이런 의견을 주시는 게 아닌가 싶다. 하지만 고정관념만 바꾼다면, 신입 사원도 열심히 일하고 십 분씩 휴식하는 게 결코 분수에 넘치는 일이 아니라는 걸 알 것이다. 다만, 우리나라는 아직도 직급에 맞는 휴식 시간이 고정화되어 있나 보다. 신입 사원도, 높은 직급이신 분들과 똑같이 힘들면 쉬어야 하는 존재라는 걸 잊고 사나 보다.

03

충분조건은 아니지만, 필수조건인 스탠딩 데스크

2017년 11월 초 어느 날이었다. 퇴사하고 나서 일할 곳의 면접이 두 개 잡혀 있었다. 한 곳은 오후 1시. 디지털 마케팅하는 회사에서 온라인에 게재되는 국문 제품 내용들을 영문으로 번역하는 한영 리뷰어 건이었다. 짧으면 5일에서 더 길게 할 수 있다고 한다. 30분간 번역한 내용을 토대로 금요일에 연락을 준다고 했는데 연락이 안 왔다. 짧게 해도 일당이 나쁘지 않았는데, 안 된 건 패스다.

이날의 하이라이트는 사실 오후 4시에 면접을 본 XX화장품 최종면접이었다. 나는 아직도 넥타이를 맬 줄 모른다. 그래서 예전부터 회사 면접이 있어서 넥타이를 맬 일이 있을 때는 친구, 사진관, 옷가게 사장님 등의 힘을 빌어서 넥타이를 매고 있었다. 혹은 넥타이 모양을 만들어 주시면 이를 내 목에 메고 나서, 가방에 고이 넣거나 옷장에 넣어 놓는다. 그러고 나서 나중에도 또 쓰고, 또 쓰고 뭐 그랬다. 그래서 넥타이 조이는 매듭이 헝클어져서 다시 넥타이를 매야 되는 상황이 된다.

그런데 이번에는 고맙게도 면접이 있는 곳은 청담사거리. 양복점이 즐비한 이 거리에서 제일 가까운 가게에 가서 "넥타이 맬 줄 모르는데 좀 도와주시면 안 될까요?"하고 도움을 받았다. 생각해 보면 이전 직장도, 그리고 그 전의 직장도 면접 보러 갈 때 넥타이를 매고 면접에 임하지는 않았다. 그러나 이번에는 복장 가지고 굳이 결격 사유를 만들고 싶지 않아서 넥타이를 매고 왔다. 어떤 곳은 넥타이를 매고 가지 않으면 굉장히 뭐라고 야단을 치니까 말이다. 우리나라에서는 형식이 항상 실질적인 내용보다 더 중요하다. 실력보다는 그 사람의 겉모습에 더 치중하는 경향이 있는 것 같다.

다음에는 어떤 회사에서 어떤 일을 할까

며칠 전에 임원분과 봤던 면접에서 내가 하게 될 일은 통·번역, 수출입 통관 업무로 인지가 되어 있었는데, 막상 대표님께서 내가 만약에 입사를 하면 해야 할 일은 ○○ 화장품의 신제품 브랜드 마케팅을 하는 일이었다. 그래서 나에게 똘똘하느냐는 둥, 자본주의에 대해서 어떻게 생각하는지에 대한 소견 같은 것을 물었다. 그리고 일을 잘할 수 있는지, 궁금한 게 있으면 물어보라는 식으로 면접이 이어졌다.

이번에 면접을 본 직무는 여러 모로 좋은 점이 많았다. 첫째로 프랑스와 스위스에서 화장품을 가지고 사업을 하는 회사이다 보니, 분기별로 유럽으로 출장을 갈 수 있다고 했다. 두 번 째는 대표님이 언급한 근무 강도는 아니지만, 임원분이 언급했던 근무 강도는 1달 기준으로 1주일 정도만 야근하면 될 것이라고 평균치를 언급해주셨다. 이를 주 5일 단위로 환산하면 하루에서 이틀 정도.

세 번째로 연봉도 나쁘지 않았다. 또 네 번째로는 7호선 청담역에서 멀지 않아서, 7호선을 타고 서울로 이동하는 내 입장에선 환승을 안 해도 되니 이 점도 매력적이었다.

그런데 결과적으로는 뽑히지 않았다. 대표님께서 궁금한 게 있으면 물어보라고 했을 때, 스탠딩 데스크를 써도 되는지 물어봤다. 대표님은 나의 이 질문을 받고는, 내가 왜 스탠딩 데스크를 쓰고 싶어하는지, 허리가 안 좋은지 되물으셨다. 뭐라고 답변할지 잠깐 생각하다가, 오래 앉아 있으면 허리가 아프다는 식으로 에둘러 이야기하니, 건강이 안 좋은 사람을 뽑기는 곤란하다는 뜻을 밝히셨다. 그러고 나서 병원에 가서 검진을 받아야 하는 것이 아니냐고 염려해주셨다.

나는 뭔가 방향이 좀 엇나가는 것 같아서 정정의 필요성이 느껴졌다. 그래서 아프기보다는 추후에 허리가 아파질 수 있음을 예방하는 차원에서 스탠딩 데스크를 사용하는 것이라고 정정해드렸다.

대표님은 생각을 한번 해보겠다고 하셨다. 그러면서 내 이력서를 보시며 질문하는 과정에서 내가 하는 방송이 있던데 볼 수 있냐고 여쭈어 보신다. 유튜브 채널에 들어가서 편하신 책을 보시면 된다고 했는데, 아뿔싸! 하필 고르신 책이 『당신의 이직을 바랍니다』였다!

한 1분 정도 보셨나? 대표님께서는 "내가 없어도 책임감 있게 우리 브랜드를 잘 이끌어 갈 수 있고, 오래 일할 수 있는 사람을 찾았는데……"라고 말씀을 하셨다. 그러면서 나에게 오래 일할 의향이 있는지 질문을 하셨다.

나는 당황했는지, "네, 오래 일하고 싶습니다"라고 이야기는 했으나, "주기적인 수입이 필요합니다"라는 말을 추가로 했다. 그런데 뭐 아무튼, 이 영상을 보고 나서 대표님은 나와 회사가 그렇게 잘 맞지 않을 거라고 생각하셨던 걸까. 결국 나는 이 회사에 채용되지 않았다. 마지막 실업 급여를 수령한 지 3주하고 3일이 지났다, 이제 퇴사한 지도 어느덧 다섯 달이 지났다. 나는 기대가 된다.

다음에는 어떤 회사에서 어떤 일을 할지. 더 기대되는 건, 과연 처음 출근하는 날부터 내가 원하는 최우선 근로 조건인 스탠딩 데스크를 사용할 수 있을지, 없을지다. 하다, 하다 안 되면 이전 직장에서처럼 채용이 우선 확정되고, 그 다음에 회사 입사하고 나서 요구 조건을 관철시켜야 하나 그런 생각도 들긴 한다. 우선은 후자보다 전자로, 일할 곳을 찾아봐야겠다.

04

드디어 두 번째 회사에 입성하다

2017년 1월 2일, 드디어 두 번째 회사에 첫 출근을 했다. 출근 시간은 오전 8시 30분이다. 나는 20분 전 즈음에 도착을 했다. 딱히 복장 규정에 대해서 사전에 들은 바가 없어서 무난하게 정장을 입고 갔다. 나에게 인수인계를 해줄 전임자(전임 근무자)가 먼저 와 있었다. 전임자 뒤에 있는 책상에 우선 앉아서 인수인계를 하나, 둘씩 받기 시작했다.

그러던 와중에 9시 30분쯤에 시무식을 한다고 해서, 전 직원이 사장님의 말씀을 듣기 위해 회의실에 모였다. 그렇게 길지는 않았고, 한 10분에서 15분 정도. 요약하자면, "우리 모두 변해야 합니다. 앞으로 다가올 변화에 맞춰 책을 많이 읽으세요"였던 걸로 기억된다.

그리고 내 첫 출근 날이니 만큼 내가 짧게 인사하고 나서 시무식은 끝이 났다. 임원분들과 인사를 했고, 내 자리로 돌아가서 나는 계속 인수인계를 받았다.

이 회사에 1차 면접을 본 날은 2017년 12월 12일 화요일이었다. 세 분이 면접관으로 오셨고, 내가 면접자로 30분 정도 면접을 본 기억이 난다. 영어를 얼마나 하는지 확인할 겸 전임자와 영어로 이야기하는데, 내 장단점을 말해보라는 요청을 받았다. 나는 단점을 언급할 때, 전 직장에서 서서 일하는 책상에서 일했다고 이야기했다. 그리고 12월 15일 금요일에 불합격했다는 문자를 받았다. 전화해서 불합격 사유가 내가 서서 일할 수 있는지 물어봐서 그런 건지 알아 봤으나, 그건 아니었다. 단지, 내 근무 경력들이 짧아서 그렇다고 했다.

내가 합격을 하게 된 계기는 합격된 분이 사정이 생겨서 입사가 취소되어 차점자인 내가 2순위어서 낙점되었다는 것이다.

그런데 내가 이 회사에 결국 합격을 하게 된 계기는 이렇다. 합격된 분이 사정이 생겨서 입사가 취소되어, 차점자인 내가 2순위라 낙점되었다는 것이다.

"회사 사무실에서 서서 일하고 싶어요!(스탠딩 데스크 쓰고 싶어!)"라는 나의 희망을 전임자가 퇴사하고 난 다음에 피력하는 것으로, 출근하기 전에는 생각하고 있었다. 전임자도 허리와 목이 편한 편은 아니라고 하면서, 내가 서서 일하지 못하면 회사를 계속 다니지 못하는지에 대해서 물어보기도 했다. 그건 아니라고 말하긴 했다. 전임자는 사장님께서 신식, 즉 새로운 사상이나 아이템에 대해서 개방적인 시각을 가지고 있다고 귀띔을 해주었다. 그래서 내가 이런저런 사정으로 스탠딩 데스크를 쓰고 싶다고 언질을 하면 들어줄 가능성이 높다고 언급해주었다. 고무적이다.

"여기 보수적이에요, 시무식 기억 안 나요?"

이전 직장에서 식대를 연봉에 포함했다면, 이번 직장에서는 연봉에 구내식당에서 먹는 식대 비용이 포함이 되지 않아서 일종의 복지라고 느꼈다. 저녁을 굳이 근무하지 않아도 먹고 갈 수 있다는 어떤 대리님의 언급을 듣고, 나는 같이 저녁 먹을 파티원을 모집해서 지하 구내식당으로 이동했다. p님은 회사에 1년 8~9개월차 재직중이라고 했다.

내가 면접 당시에 서서 일할 수 있는지를 언급했다고 이야기했고, 이 점이 임원진들과 공유되지 않았다는 점을 말했다. 그러자 P님은 곧바로 이렇게 말했다.

"여기 보수적이에요. 시무식 때 사장님이 '전화기 줄이 꼬여 있는 것을 관리해!'라고 했던 말, 기억 안 나세요?"

지금 현재 직장에서 나와 사람들은 서로에 대해서 아는 것이 거의 없다. 우리는 아직 회식 한 번, 술 한 번 마셔본 적이 없다. 입사한

지 1주일이 거의 다 되어 가는데 회식을 하지 않는 이유는, 한 명 더 사람을 충원하고 나서 환영회를 같이 할 계획이기 때문이라고 한다.

새 직장에서 어느 날 오전에 C 과장님과 K 이사님에게 그동안 정리한 이메일 내용들을 보고하는 회의가 있었다. K 이사님이 내가 업무를 하는 방식에 흡족해 한다고 하셔서 뿌듯했다. 그리고 나는 속으로 생각했다.

'그래, 스탠딩 데스크 운운하려면 우선 업무에서 빈틈을 보이면 안 되지.'

K 이사님께서는 기술적인 부분, 엔지니어링 부분도 할 의향이 있냐고 물으셨고, 나는 당연히 예스라고 답했다. 왜냐하면 직장인은 협상력을 키우기 위해서 회사에서 시키는 것들을 이것저것 해야 하기 때문이다. 요즘 사람들은 영어를 다들 잘하는 편이어서, 나같이 통·번역하는 사람들의 존재 이유와 효용 가치가 점점 흐려지고 있는 게 현실이다. 그래서 회사에서 요구하는 다양한 것들을 해야 적응할 수 있다는 사실을 나도 점점 알아가고 있는 중이다.

Part 7

회사에 대한 고정관념부터 버려야 한다

01

카페에서 회사 업무를 마무리하다

2018년 1월 15일 월요일. 이날은 하루가 어떻게 갔는지, 저녁밖에 기억나지 않는다. 지난 금요일, 딱히 업무를 하지 않고 회사 구내식당에서 저녁을 먹고 간 적이 있기도 해서, 구내식당 석식 이용이 신경이 쓰이긴 했다. 하지만 오늘도 결국에는 퇴근하고 야근해야 해서, 구내식당 석식을 먹었다.

밥을 먹고 나서 짐을 챙겼다. 그리고 카페로 가서 유럽에 어떤 앱으로 전화를 할까 하는 것부터 알아보기 시작했다. 그러다가 뒤척뒤척하다 보니 거의 오후 8시 가까이 되었던 것 같다. 집 인근으로 이동하니 9시. 그냥 일하기에는 스트레스도 받고 해서, 술 좀 먹고 하고 싶어서 소맥과 짜장면 한 그릇에, 서비스로 나온 짬뽕 국물 한 그릇을 후루룩 비우고 다시 카페로 갔다. 여기서 보내야 할 필요가 있는 이메일들은 다 보냈다. 그러고 나니 저녁 11시. 귀가했다.

이렇게 하루가 또 훌쩍 지나가 버렸다. 야근을 꼭 회사에서 하라는 법은 없다. 그러나 고정관념에 빠진 상사라면, 아직도 "일을 어떻게 카페에서 해?"라고 말할 수도 있을 것이다. 하지만 장소의 고정관념만 벗어던진다면, 업무의 효율성은 더 높아질 거라고 생각한다. 사실 나 같은 경우도 사무실에서 야근하는 것보다 이렇게 카페에서 하는 게 더 마음이 편하고 일도 잘되니까 말이다.

공간의 제약을 벗어난다면 재택근무이든, 어디든 무슨 상관이 있을까. 인공지능이 인간의 일자리를 대체한다는 시대에 어떻게 인간이 장소에 묶여 일해야 하는 걸까. 그건 인공지능보다 뛰어난 무한한 인간의 능력인 창의력을 손발 묶어두고 일해라는 것과 마찬가지일지도 모른다. 조금만 시선을 달리한다면 아무것도 문제가 될 것이 없다. 내가 오매불망 바라는 스탠딩 데스크의 문제도 이런 관점에서 본다면 아무것도 아니다. 하지만 고정관념에 묶인 상사들이나 회사 분위기에서는 그건 정말 넘지 못할 높은 벽이다. 사소한 문제도 고정된 시각으로 본다면 아주 큰 장애물이 되는 것이다.

근무 환경에 대한
고정 관념으로부터 벗어나면

다음날이었다. 이날 점심은 옆자리에 앉은 K 대리님과, 나와는 좀 떨어진 곳에 앉아 있는 L 대리님과 함께 먹었다. 사무실에서 나와서 엘리베이터를 타고 구내식당에서 음식들을 그릇에 담았다. 그리고 자리에 앉아서 나는 차분하게 이야기를 하고 싶었다. 그러나 이날은 시작부터 차분하지 못했다.

그것은 바로, 내가 앉아서 일해서 그런지 효율이 안 나서 어제 회사 근처 카페에서 일을 하러 간 이야기를 한 것 때문이었다. 그런데 회사가 일하기에 좀 더 편안한 공간이었다면, 굳이 내가 카페를 찾아다니면서 야근할 필요는 없었을 것이다. 그 이동거리만큼 효율성이 떨어지는 셈이다. 만약 내가 그렇게 주장하는 스탠딩 데스크가 확보되었다면 아마 나는 회사에서 야근을 계속했을 것이다. 그러면 굳이 카페로 이동하지 않아도 되었기에 시간 효율은 2배는 높았을 것이다.

이런 이야기를 털어놓다 보니, 자연히 좀 강한 톤으로 내 입장을 말했다. 이전 직장에서도 서서 일을 했다는 등, 뭐 이런 말들을 그다지 부드럽지 않게 하게 되었다. 그동안 쌓아둔 근무 환경의 개선에 대한 불만의 감정이 이날따라 밖으로 나와 버린 셈이다.

내가 서서 일하고 싶은 나의 갈망에 관한 이야기는 밥 먹고 나서, 카페에 가서도 이어졌다. L 대리님과 K 대리님은 두 분 모두 이 회사에서 5년 이상 재직 중이었다. L 대리님은 나의 갈망에 대해, 크게 부정도 긍정도 하지 않은 반응을 했던 것으로 기억한다.

이날 저녁에는 유럽에 전화할 일이 있어서 사무실에 남아 있어 보았다. 이전 회사에서 근무할 때는 미국에 전화할 일이 많았고, 미국은 국제 전화 어플리케이션으로 사무실이든 휴대폰이든 무료로 지원이 되었다. 그런데 유럽은 아니었다. 사무실에서 2시간 반 가까이 더 있다가 9시 전후에 텔레컨퍼런스를 해보고 나니, 내 돈 내고 국제 전화 어플로 요금 결제하는 게 낫겠다는 판단이 들었다.

이러한 판단을 하게 된 계기로는, 회사라는 공간에서는 쉬는 시간을 눈치 주기도 하거니와, 순전히 업무를 하기 위한 공간이기 때문이다. 나는 이러한 사무실보다는 일을 하거나 놀 수도 있는 카페와 같은 중립적인 공간을 더 선호한다. 만약 국제 전화 어플 요금을 내가 지불한다면, 정규 근로 시간 후에도 회사에 묶여 있는 대신, 회사 밖에서 원격 근로가 가능한 것이다. 그래서 국제 전화 어플 요금을 내가 지불하더라도 카페에서 편하게 업무를 보는 게 낫겠다는 생각이 들었다.

회사인지,
대가족 집안인지 구분이 안 되다

회사에서 점심 당번이 있어서 점심시간보다 30분 일찍 구내식당에 갔다. 거기서 C 대리님과 밥을 먹고 사무실에 올라왔다. C 대리님은 사무실에서 현재 나와 개그 코드가 맞는 동료다. 나이도 동갑이다. 4월 결혼을 앞두고 스트레스가 이만 저만이 아니라고 한다. 일도 많고 목요일에 회식을 했다. 나와 새로 오신 F 과장님을 축하하는 자리였다. 즐거운 회식날이다. 회식 테마는 나와 새롭게 입사한 과장님의 환영식. 1차는 소고기 집에서, 2차는 카페였다.

회식 장소에 도착해서 총 3개의 테이블에 12명이 앉았는데, 중간 테이블은 임원 자리, 양 사이드 좌석은 임원 이하 직원들의 자리로 나뉘어졌다. 내 바로 옆자리에는 내 사수인 H 과장님이 앉았는데, 내가 열심히 일을 하니, 나를 잘 챙겨주신다.

사실 1차보다 더 재미있었던 자리는 2차. 회사 분위기는 전반적으로 조용하다. 하지만 회식 자리는 좀 달랐다. 이 자리에서 갑질, 부당한 업무 지시가 주제로 나왔다. 이사님이 나와 회의할 때, 억측을 들이밀거나, 필요하지 않게 말이 길어지는 기미가 있을 때 말을 자르고, 내가 하고 싶은 말을 했다. 누군가가 나에게 갑질하려는 여지를 사전에 원천봉쇄하는 것은 매우 중요하다.

우리나라는 유교의 장유유서 사상이 너무 철저해서, 회사가 집안인지 구분이 안 된다. 집안의 어르신처럼 회사에서도 대해야 하는 분위기다. 하지만 합리적인 의견으로 회의를 해야 하는 상황에서 장유유서만 제대로 지켜지는 데 목숨을 걸면 회사의 발전은 어디로 가는 걸까. 우리나라의 이러한 집안과 회사를 구분 못하는 문화 때문에 더 발전할 수 있는데 못하고 있는 건 아닌가 싶다. 우리는 회사인지 군대인지 구분이 안 가고, 회사인지 집안인지, 그것도 아직 조선시대의 대가족 집안의 분위기가 회사로 그대로 이동한 건 아닌지 헷갈릴 정도이다.

나도 이제 어느덧 입사한 지 2주 하고도 이틀 차. 회사에서 근무하면서 내가 제일 염두에 두었던 부분은 조화다. 주변 사람들과의 조화. 내가 겨울이라서 실내에서 난방에 불만이 있을 수 있어 뽀송뽀송한 실내화를 신고 싶다는 소망을 말로는 피력하기도 하지만, 실천하지는 않고 있다. 그래서 나 역시 주변 사람들이 신는 무난한 슬리퍼를 결국 신고 있는 상황이다. 이것도 참 웃기는 게, 슬리퍼 하나 내가 선택할 수 없다는 게 아이러니컬한 상황이다. 우리는 왜 이렇게 남의 눈치를 봐야 하는 걸까. 고작 슬리퍼 하나다. 그 슬리퍼를 남보다 튀지 않는 것으로 신어야 하는 직장 문화. 뭐 하나 사소한 거라도 남들과 다르게 하면 마치 '사회 부적응자' 취급을 해버리는 우리 직장 문화는, 아니 우리 사회는 나 같은 사람에겐 사실 숨이 턱턱 막힐 뿐이다.

내 개성을 드러내면 정말 큰 죄라도 짓는 것처럼 자책감이 들도록 하는 사회이다. 그리고 내 색깔을 조금이라도 드러내면 조직의 조화를 깨는 암적인 존재로 여겨지기도 한다. 그래서 나는 조직이 그토록 원하는 '조화롭게' 맞추는 것에 적응하려고 노력한다. 그러나 회사에서 신는 슬리퍼 하나 내 마음대로 선택하지 못하는 것처럼 나 자신을 '쓸데없이' 많이 포기해야 한다. 그건 마치, 내가 "스탠딩 데스크 쓰고 싶어!"라고 회사 내 과반수의 임직원들에게 피력하기도 했으나, 아직은 이를 얻어내지 못한 것처럼.

그런데 후일담을 덧붙이자면, 1월 25일은 내가 처음으로 분홍 슬리퍼를 신은 역사적인 날이었다. 이날, 점심시간이 아닌데도 C 대리님과 옥상에 올라가서 기념사진을 찍기도 했다. 퇴근하기 한두 시간 전이었다.

02

"스탠딩 데스크 써도 될까요?" 하고 다시 물어보다

1월 29일이다. 출근하고 나서 C 대리님과 야외에서 담배 타임을 가지는데, 나중에 담배를 태우러 온 P님에게 내가 말장난을 했다. 그런데 P님은 "아침부터 술 먹었어요? 왜 이래요"라고 탐탁지 않은 반응을 내비쳤다. 앞으로는 이 분 앞에서 더 이상 장난은 하지 않는 게 좋겠다는 판단이 들었다. 내 장난을 잘 받아주는 C 대리님이 고마울 따름이다.

같은 층에서 근무하는 H 이사님께 서서 근무하고 싶다는 의사를 피력했다. 나를 채용하는 데 직접 관여하신 K 이사님께서는 출근 이틀 차에 이미 안 된다고 선을 그으셨다. 그래도 다른 간부들이 납득하고 공감한다면 추이는 달라질 수 있을 거라는 믿음이 있었다. H 이사님에게 내 입장을 밝힌 것은 점심을 먹고 나서, 한두 시

즈음. H 이사님은 서서 일하는 것이 집중이 잘 된다는 기사를 본 적은 있다고 했다. 다른 임원들과 상의를 해보고, 이번 주 안에 알려주겠다고 하셨다. 그러면서 H 이사님과의 면담은 종료되었다. 면담이 종료되고 C 대리님과 이 상황에 대해서 잠시 이야기했고, 추이를 지켜보기로 했다.

창의성의 자유로운 숨결을 느끼러 가다

내 인생의 2모작이 될 가능성이 있는 유튜브 채널 운영. 난 항상 이와 관련된 행사가 있으면 가능한 참석하려고 한다. 어떤 조직에 속하지 않고, 자유롭게 할 수 있는 일 중 하나가 바로 유튜브 방송이니까 말이다. 오늘은 퇴근하고 나서, 박진수님이 진행하는 '기획의 진수' 모임에 참석했다. 대략 15명 내외의 분들이 신사동에 모여서, 영상과 관련된 스터디를 하는 모임의 오리엔테이션을 가졌다.

앞으로 모임이 네 번 정도 남았는데, 그 시간 동안 영상 기획 및 콘텐츠를 분석하게 될 거라고 한다. 오리엔테이션 시간 동안에는, 모이신 분들이 어떻게 여기에 지원하게 됐는지, 지원 동기와 자신이 하는 일들을 소개하는 시간을 가졌다. 모임 시간에 10분 정도 늦은 나는 박진수님 바로 앞자리에 앉게 되었다. 그 자리는 모이신 분들 사이에서는 제일 앞자리였다. 그래서인지 내 소개가 먼저 시작되었다.

이번 모임에는 전반적으로 뷰티 업계에서 오신 분들이 많았다. 디지털 마케팅을 하시는 분도, 콘텐츠 제작을 하시는 분도 있었다. 아무래도 오신 분중 제일 지명도가 있는 분은 '책읽찌라' 채널 운영자. 나와 유사한 책 유튜브 채널을 운영하지만, 이미 이를 사업화 했고, 법인 설립까지 한 분이었다. 그래서 책 유튜브 운영과 관련되어서는 나보다 훨씬 잘하는 분이었다. 그밖에 다른 사람들도 소개가 이어졌다.

모두의 소개가 끝나고 난 뒤, 나는 스터디 활동 중 간헐적으로 일어서서 참여해도 괜찮겠냐는 질문을 미처 못 했다고 운을 떼고, 허락을 구해보았다. 그리고 나서, 남은 시간은 쭉 서서 참여했다. 오리엔테이션이라 그런지 한 시간 반 정도 하고 나니, 오후 9시가 조금 넘어서 끝났다.

인상적인 유튜브 채널을 소개해주기도 했는데, 그중 퍽 재미있었던 채널은 '떵개떵'이라는 채널 운영자였다. 먹방 채널이야 새삼 그렇게 놀랍지 않지만, 이 분의 차별점은 먹방을 하는 동안 처음 인트로를 제외하고는 말을 하지 않는다는 것이다. 하루에 총 3개의 영상을 제작한다고 한다. 아침, 점심, 저녁이겠지? 그런데 이 영상의 조회 수가 수백 만, 1천 몇 백 만에 다다른다고 한다. 이런 말 없는 영상은 글로벌하게 갈 수 있다는 장점이 있다.

떵개떵 말고도, 'Sam Kolder'라는 여행 영상 제작자. 그리고 원시 혹은 중세 시대의 삶을 영상에서 구현하는 것을 목표로 하는 'Primitive Technology'. 그리고 'Dude Perfect.' 참 재미있는 채널이 많았다.

연월차에 웃고 우는 한국의 직장인들

다음날, 나의 장난 메이트인 C 대리님은 결혼사진을 찍기 위해 연차를 내고 회사에 없었다. 점심시간을 목전에 앞두고, 수요일에 점심 약속이 있었던 J로부터 카톡이 왔다. 혹시 오늘 점심을 같이 먹는 게 어떠냐고. J는 신병교육대 훈련병 동기이자, 내가 편입한 대학교의 편입 동기이다.

이 친구는 내가 근무하는 사무실 인근 식품회사의 온라인 채널 분야에서 영업을 담당하고 있다. 그래서 지마켓, 옥션, 인터파크와 같은 오픈마켓과 티몬, 쿠팡, 위메프와 같은 소셜커머스 회사들과 종종 미팅을 가지면서 일을 한다.

이런 J와 이야기를 하다가 내가 군대에서 강등된 사실, 그리고 현재 직장에서는 만족하면서 잘 다니고 있지만, 여기 취직되기 전에 3개월간 고정급여 없이 면접만 보았던 이야기를 털어놓았다. 또 서서 일할 수 있게 해달라는 내 의견을 관철하기 위해서 면접관에게 "연봉 1억을 주셔도 서서 일할 수 없으면 회사를 못 다닙니다"라는 말을 하기도 했다는 이야기를 해주었다. 그러나 결국엔 사회에 '조화롭게' 적응하기 위해 현실과 타협하고 말았다는 말도 들려주었다. 이러한 사연을 듣고 나서 J는 간만에 만나서 내가 하는 이야기들이 섬뜩한 느낌이 든다는 표현을 했다.

그렇다. 사회초년생이 회사나 조직에 이러한 자기 생각을 말한다는 것 자체가 우리 사회는 구성원들에게 '섬뜩한' 공포를 안겨주는구나 하는 생각이 들었다. 내가 원하는 건 그저 '서서 일하는 방식'을 선택하는 것뿐인데, 그것이 그 누군가에게는 정말 체제를 전복시킬 만한 일과 같은 느낌이구나. 나는 우리 사회가 너무 고정화되어 있고, 조금이라도 다른 시선과 의견을 도저히 견뎌할 수 없는 조직이라는 느낌을 받았다. 이렇게 경직된 사회가 어떻게 미래를 말할 수 있고, 발전을 이야기할 수 있는지 아이러니컬했다. 우리는 모두 다 선진국 진입을 원하고 있고, 우리나라가 지금보다 훨씬 잘 살고 발전하길 원하지 않을까. 하지만 우리가 지금 하는 일이란, 그저 예전 체제나 그 틀을 유지시키는 데만 급급할 뿐이라는 사실을 다들 자각은 하고 있는 것일까.

이윽고 J와 나는 직장인이라면 가장 관심이 많은 것 중 하나인 연월차에 대해 이야기하고 있었다. 연월차가 입사하는 해에 생기는지, 그리고 지금 재직 중인 회사에서는 입사한 첫해에는 연차가 없고 다음 해에 발생하는 연차를 가져와서 써야 한다는 이야기를 나눴다. 내가 다니던 전 회사와 전전 회사에서는 입사한 해에도 월마다 하나씩 연차가 생겼던 것과는 달라서 조금 아쉽다는 말도 덧붙였다. 그러나 J의 회사 역시 지금 내가 다니는 회사처럼 입사한 첫해에는 연차가 없다고 한다. J와 이야기를 나누면서 다들 휴식이 없는 빡빡한 일상을 숙명처럼 버티고 있구나 하는 안타까움이 밀려왔다. 이게 대한민국에 사는 모든 직장인의 비애인가 싶었다. 일 년에 몇 달씩 휴가를 쓰는 유럽 사람들까지는 아니더라도, 그나마 있는 연월차라도 제대로 주어지는 삶을 산다는 게 우리에겐 그토록 사치스런 일인가 하는 회의도 들었다. 씁쓸함을 남기고 J와 나는 다시 치열한 근무지로 돌아가야만 했다.

오후 두세 시쯤, 나의 초중등학교 친구인 S에게 전화가 걸려 왔다. 또 다른 초중학교 동창의 아버지가 돌아가셨다고 한다. 장례식장 위치는 이화여대 목동병원. S는 영업직이라 그런지 두세 시쯤 일찌감치 장례식장으로 출발해서 자리를 지켰다. 그나마 나는 퇴근하는 대로 즉시 가보니, 두 번째로 일찍 온 셈이었다. 나를 본 S의 첫마디는 이거였다.

"야, 네가 한국에서 남들처럼 일반적인 회사에 다닐 줄은 정말 몰랐다!"

그만큼 나는 남들이 보기에도 우리 사회의 부적응자였나 보다.

'그런 부적응자가 이제 적응을 하려고 이렇게 발버둥을 치고 있다, 짜쌰!'

나는 속으로 이렇게 말하면서 동창 아버님의 영정사진 앞으로 발걸음을 조용히 옮겼다.

03

서서 일할 수 있는 것을 승인받다

2018년 2월 첫날이다. 오전은 이삭토스트와 함께 시작했다. 8시 30분에 출근해서 이삭토스트를 먹고, 양치하니 9시였다. 우리 사무실 바로 앞에 있던 S사무실은 5층인가 11층으로 이전해서 비어 있었다. 나는 평소에 혼자 있는 시간을 원래부터 좋아한다. 그래서 종종 이 빈 공간을 유용하게 활용한다. 여기에서 아침을 먹거나 음악을 들으면서 업무를 준비한다.

목요일에는 입사한 지 한 달 만에 다시 H 이사님에게 스탠딩 데스크를 써도 되냐고 직접 물어보았다. K 이사님이 아닌, H 이사님에게 말이다. 이전에 K 이사님에게 안 된다고 들었으나, H 이사님은 괜찮을 것 같다면서 긍정적으로 검토하시겠다고 했던 기억이 있어서다.

이날의 하이라이트는 나에게 지시를 내리는 분의 '변화'였다. 드디어 스탠딩 데스크를 회사에서 사용할 수 있다는 허락이 떨어진 것이다! 그래서 나는 오늘 스탠딩 데스크를 우선 주문했다. 바체어는 구매할까 하다가 아직 구매하지 않고 있다. H 이사님은 K 이사님이 이전에 반대했는지 몰랐다고 하셨다. 그러면서 어제 내가 "K 이사님이 제 입사 2일차에 반대하셨지만, 저는 서서 일하는 게 더 효율적입니다"라고 이야기했으면 더 좋았을 모양새였다고 운을 띄우셨다. 하지만 어쨌든 결과부터 이야기하자면, "그래, 이젠 너 서서 일할 수 있다!"였다.

"고맙습니다, 감사합니다!"

나는 연달아 이 말을 외쳤다. 정말 기분이 날아갈 것만 같았다.

스탠딩 데스크가 도착하다!

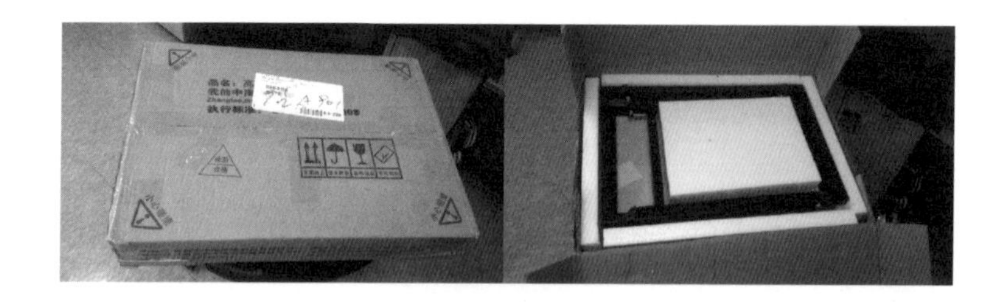

며칠 후, 스탠딩 데스크가 도착했다. 지난주 금요일에 주문한

JS가구의 핸디 스탠딩 데스크였다. 그런데 가로 60cm, 세로 40cm의 책상 치수를 사전에 생각해보지 않았는데, 받아 보고 나니 좀 비좁다고 느껴졌다. 키보드와 마우스를 동일 선상에 놓으면, 마우스 패드가 책상을 삐져 나간다. 공간이 충분하지 않다.

고민 끝에 반품을 결정하기에 이르렀다. 이날, K 이사님과 스탠딩 데스크를 사용하는 것에 대해서 설득을 더 열심히 하지 않은 것, 그리고 절차적인 것에 대해서 사과를 드렸다. K 이사님은 그렇게 사용하고 싶으면 사용하라고 하셨다. 그리고 앞으로 나에게 업무 지시를 내리는 사람은 K 이사님이 아니라, H 이사님이 될 거라고 하신다.

그렇다. 이날의 주목할 만한 사건은 옆자리 K 대리님과 오전에 이야기를 나눈 것이다. 바로 옆에 앉아 있지만, 필요한 일 말고는 우리는 대화가 별로 없었다. 이 분과 L 대리님, 그리고 나, 이렇게 세 명이서 점심 때 밥 한 번 먹은 것 말고는 업무 외적으로 말한 적은 없었다. 커피 대신, 사내 회의실에서 그냥 이야기를 나누었다. 생활하면서 느끼는 점, 그리고 여태껏 한 달 동안 내 옆에 같이 있으면서 어땠는지 피드백을 받았다. 그런데 가끔씩 자는 것 말고는 딱히 피드백을 줄만한 것은 없다고 한다. 의외로 나에 대해 부정적인 피드백이 나오지 않아, 다행스럽게 생각했다. 아직까지는 잘 적응

하고 있는 걸까. 사회 부적응자는 여전히 불안하다.

다시 며칠 뒤, 업무를 마치고 저녁에 술자리가 있었다. 조개찜과 양꼬치가 안주로 나오는 술집이었다. 술을 마시면서 이런저런 이야기가 오갔다. 그중 내가 요청했던, 서서 일하는 안건이 받아들여진 사건이 화제에 안 오를 수가 없었다.

누군가가 말했다. 아마 우리 회사 분위기가 작년 같았으면, 내가 서서 일하고 싶다고 했으면 나보고 당장 나가라고 했을 것이라고. 그러나 요즘 워낙 효율을 우선하다 보니, 이런 것도 용인을 해주시는 눈치라고 말했다. 이 양꼬치 집에서 특히 기억에 남는 대목은 H 이사님의 한 마디였다.

"넌 특이하지만, 괜찮아!"

04

"문재호 씨가 나한테 대들어요!"

우리 회사에는 동갑이고, 동일 직급인데 나보다 입사를 2년 좀 먼저 했던 P님이 있다. 그냥 나와 같은 일반 사원이었다. 그런데 어느 날 다른 대리, 과장님들 앞에서 내가 그에게 대든다는 표현을 들었다. 이날 그 자리에서는 표정 관리도 하고, 당시에는 그렇게 기분이 나쁘지도 않은 것 같았다. 그렇지만 오히려 C님, P님과 나눈 대화 내용을 상기하다 보니, 심히 언짢아졌다.

그래서 다음날 오전에 출근하고 나서 30분 정도 지나 P님에게 담배를 하나 태우러 가자고 제안했다. 엘리베이터를 기다리는 시간, 그리고 옥상에 도착하기까지의 시간 동안 내가 어떻게 하고 싶은 말을 잘 전달할까 생각하던 차라 많은 대화는 오가지 않았다.

드디어 옥상에 올라와서 P님에게 내가 대화를 시작하려고 했던 내 마음속 첫 마디는 다음과 같았다.

'저와 같이 일하면서 좀 이해가 되지 않는 부분들이 있지 않으세요?'

그런데 P님이 선수를 먼저 친다. 입사하고 났을 때 P님이 나를 대하는 태도와 지금이랑 차이가 있지 않느냐는 것이었다. 그리고 사내에서 내 평판이 좋지 않다고 던진 말이었다. 나는 무슨 소리를 하는 거냐고 되물어 보았다. 그랬더니 우선 내가 근무 시간 중 종종 졸았다는 것이다. 그리고 산만하다는 점을 예로 들었다. 또 자리를 자주 비운다는 점을 지적했다.

나는 이런 것들이 P님과 직접적인 상관도 없는 사항들인데, 이렇게 지적질 당하고 나니, P님이 나를 흠집 내려는 의도로 받아들여졌다. 내가 잤다는 사실을 자주, 그리고 실제로 봤는지 되물어보았다. 또한 내 근무 최적 환경은 서서 일하는 것이니, 서서 일한 지 1주일도 채 안 된 현재 시점에서, 그 전에 잤던 내용을 헤아려서는 안 된다고 항변했다. 그리고 P님 본인도 자리를 종종 비우고, 산만하지 않느냐고 반문했다.

서열문화, 무조건 위아래로 줄을 세워야 직성이 풀리는 사회

P님의 지적을 내가 감정적으로 받아들여서 그런지 왜 언성을 높이느냐고 P님이 말했다. 나는 언성을 높인 점에 대해서는 곧 P님에게 사과를 했다. 그런데 P님은 다시 내게 방금 지적한 것들 말고도, 스탠딩 데스크가 도착했을 때 그것들을 굳이 업무 시간 중에 뜯어서 설치해야 했는지 물었다. 나는 일단 잘못했다고 말하고 넘어갔다.

그러자 P님은 나에게 다시 군대에 갔다 오지 않았냐는 질문을 했다.

“나는 일병으로 제대했습니다. 강등당했습니다. 사유는 지시 불이행입니다.”

이렇게 대답하면 이전 회사에서도 그랬지만, 흔히 사람들은 나를 문화가 다른 사람으로 받아들여서 이해를 좀 해주곤 했다. 하지만 나는 군대가 우리나라 남자들의 사회성의 척도가 된다는 게 몹시 씁쓸했다. 우리나라는 ‘전 국가의 군대화’인가, ‘전 국민의 군인화’인가. 우리가 북한도 아닌데, 의식은 왜 이럴까. 우리나라의 남자들은 군대를 제대하고도 모두 군인 정신으로 묶여 있어야 하는 걸까. 이것은 일제강점기 때의 제국주의와 군부독재라는 우리의 아픈 역사의 잔재일 뿐인데, 일부 사람들은 늘 ‘군대’를 사회성의 잣대로 생각한다. 나는 정말 공감할 수 없고 이해할 수 없는 일이다.

역시 내가 우리 사회의 부적응자라서 그런 걸까.

그런데 P님은 내가 군대에서 강등당해서 제대했다는 사실을 듣고서도 나에 대한 태도가 그리 달라지지 않았다. 우리의 대화는 약 30분가량 계속되었다. 근무 시간 중인지라, 무슨 일이 생겼는가 해서 같은 층에서 근무하는 P 대리님, F 과장님이 함께 옥상으로 올라왔다. P 님이 P 대리님과 F 과장님에게 자기 입장에서 그간 사정을 설명했다. 즉, '대든다'는 표현을 자기가 장난식으로 던졌는데, 내가 기분 나빠했다는 점과, 회사에서 자기가 나보다 서열상 위에 있다는 점을 강조했는데, 그걸 역시 내가 기분 상해했다는 것들 말이다.

내가 느끼기엔 결국 P님이 나에게 하려는 것은 그의 여자 친구와 나를 길들이려는 목적이 다분하다. 왜냐하면 P님의 여자 친구와 나는 같은 사무실의 같은 권역에 놓여 있기 때문이다. 내 뒷자리가 비어져 있어서, 나는 K 대리님과 P님에게 둘러싸여 있는 형국이다. K 대리님과 P님은 연인 사이고 말이다. P님 그리고 P님의 여자 친구와 같은 권역 내에 앉아 있는 것은 나를 매우 피곤하게 한다. 내 자리에 앉아 있자면 주위를 둘러볼 때 내 옆에는 K 대리님, 내 등 뒤 대각선 자리로 P님, 그리고 P님 옆자리는 빈 자리였다. 네모(ㅁ) 기준에서 보자면, 내가 좌측 상단 꼭지점 자리라고 설정하고, P님이 우측 하단 꼭지점 자리라고 상정하면 이해가 쉽다.

그런데 사실 예전에 H 이사님이 내가 F 과장님 아래로 편재되는 방식으로 개편을 했다고 이야기해주신 적이 있었다. 이때 사무실 자리도 F 과장님 옆으로 가는 게 어떠한지 물어보았다. 나는 이즈음에는 어디에 앉아도 상관없다는 식으로 대답했던 기억이 있다. 그러나 지금은 완전히 다르다. P님과 그의 여자 친구 옆에 앉아 있으니, 스트레스를 받고 정신적 에너지를 갉아 먹히는 느낌이다.

내가 다니는 회사에는 다른 회사에서 이직해온 분들이 네 분 정도 있다. 그런데 내가 온 지 며칠 안 된 시점에서, P님이 우리 회사의 장점으로 사람들이 텃세를 안 부린다는 이야기를 한 적이 있었다. 그런데 이렇게 스스로 그 장점을 이야기했던 당사자가 나에게 텃세를 부리는 이 형국이 퍽이나 재미있다. 우리 사회에 적응하려면 이러한 텃세에도 적응을 잘해야 하는 걸까. 이런 상황이 힘들게 느껴지는 나는 정말 사회 부적응자일까.

사회 부적응자의 사회 적응기

Part 8

또 그렇게
잠시 사회 적응자가
되어간다

01

업무상 오류를 바로잡아주면 순응하다

어느 날, C 과장님으로부터 해외 협력사에 내가 굳이 보낼 필요가 없는 메일을 보낸 것을 확인했다. 그리고 난 뒤, K 이사님께서는 앞으로 메일 보내기 전에 C 과장님과 F 과장님의 확인을 받으라고 하신다.

원래 나는 K 이사님 팀이었으나, 지금은 F 과장님과 같은 팀이다. 그래서 이전에는 직접적으로 업무 지시를 하던 K 이사님과 C 과장님도 이제는 F 과장님을 통해서 내게 작업 지시를 하신다. 그래서 이날 이후부터 F 과장님 또한 내가 송수신하는 이메일을 참조받게 되었다.

이날 오후에는 F 과장님에게서 업무적인 것에 대해 피드백을 많이 받았다. F 과장님은 번역에 있어서 통일성을 강조하셨다.

F 과장님은 나보다 더 오래 해외에 살아서 영어가 매우 능숙하다. 해외 업무 측면에서 F 과장님이 있어서 영어로 소통할 수 있는 점이 좋긴 하나, 회사 안에서의 내 입지가 애매한 감이 있기도 하다는 점을 언급하기도 했다. 청소를 마치고, 해외 협력사에 보내야 하는 이메일이 있었다. 이를 보내기 전에 F과장님에게 검토를 부탁했다. 나는 '~가 생겼다'는 의미로 incurred라는 표현을 썼는데, 이는 부정적인 의미를 함축하고 있으니 적절치 않다고 F 과장님이 말씀해주셨다.

휴식 시간의 타협점을 찾기 위해 노력하다

3월쯤부터 서서히 습관이 들어가기 시작했다. 그것은 바로 내가 작성한 이메일을 해외 협력사에게 보내기 전에 2번 확인해 보는 습관, 이메일을 작성할 때 전후 맥락을 파악하는 습관이다. 우선 한국어로 메일 내용을 작성하고, 이를 상사로부터 확인하고 수정받는다. 해당 내용을 번역하고, 이를 구글 번역기로 어색한 부분을 확인해 본다. 필요에 따라 영어가 능숙한 F 과장님에게 도움을 받기도 한다.

문서를 번역하고, 해당 내용을 F 과장님에게 보내고 나서 나는 종종 휴식을 취했다. 그러나 내 번역물을 검수해주는 F 과장님 입장에서는 내용을 본 즉시 나를 불러서 확인하는 게 좋다. F 과장님은 내게 번역 내용을 전달하고 나서 어지간하면 자리를 지키고 있어 달라고 주문했다. 그리하여 나는 휴식이 간절히 필요하지만, F 과장님의 번역물 검토가 필요할 때는 F 과장님에게 문서를 보내기 전에 먼저 쉬고 난 후 보내 드리는 것과 같은 방법을 사용한다. 그러면 나도 좋고, F 과장님도 좋은 셈 아닌가. 나는 일을 마치고 좀 쉬어서 좋고, F 과장님도 내가 대기 상태여서 좋고 말이다.

사무실이 변경되고 나서 K 이사님은 내가 자리를 너무 자주 비운다고 종종 지적하셨다. 서서 일하지 못하는 환경에 대해서 충분히 어필을 했으나, 그래도 K 이사님의 말씀도 일리가 있었다. 사무실 밖에서 쉬면 왠지 모르게 더 쉬는 것 같기도 해서, 내가 생각한 절충안은 이랬다. 업무 집중이 안 된다고 느껴질 때, 탕비실에 서서 이어폰을 귀에 꽂고 음악을 들으며 스트레칭을 하는 것이었다. 이 방법을 혼용하면 한 시간 반에서 두 시간에 한 번 정도만 쉬면 되는 셈이어서, K 이사님의 눈치를 조금은 덜 보지 않았을까 싶다.

F 과장님의 도움으로 업무에 신중해지다

F 과장님은 내가 작성한 이메일 내용을 매번 꼼꼼히 보신다. 나도 그분의 요청에 발맞추어 이제는 표현 하나하나, 단어 하나하나를 메리엄-웹스터(Merriem-Webster) 사전이나 옥스퍼드(Oxford) 영어사전에 검색해서 어떻게 사용되는지 확인한다. 이러한 방식으로 이

메일을 작성할 때 더 꼼꼼하게 챙기기 시작했다.

그런데도 어떤 때는 내가 이메일을 잘 작성했어도 무슨 요청을 할 때 'within March(3월 안에)'라는 기간을 빼놓은 것을 F 과장님이 발견하기도 했다. 난 생각해 보았다.

'자, 지난번에는 incur, 이번에는 within March이다. 이렇게 계속 실수를 할 것인가. 누군가로부터 계속 지적을 받는다는 게 그렇게 달가운 일은 아니다. 그리고 내가 이런 실수를 계속하는 사람으로 낙인이 찍히면, 난 절대로 일을 잘하는 사람으로 평가받을 수 없다.'

나는 이런 일을 통해서 점점 동기부여가 된다고 해야 할까, 정말 내 업무에 꼼꼼해져야겠다는 각오가 생겼다. 내 전임자는 주로 함께 일할 일이 많은 C 과장님과 K 이사님에게 나를 꼼꼼한 사람이라고 말했다. 실제로 C 과장님도, K 이사님도 전반적으로 내가 하는 업무 처리에 흡족해 하신다는 걸로 나는 알고 있었다. 그러나 F 과장님의 채찍질은 바닥을 보이면 안 되겠다는 마음가짐을 갖도록 하는 좋은 계기가 되었다.

02

상무님에게 직접 전화하다가 호통이 떨어지다

올해 2월 말쯤 있었던 일이다. 며칠 전에 알디프 클래식 티 샘플러를 받아 들고, 어제부터 하루에 한 종류의 차를 마셔보고 있는 중이었다. 어제는 통에 있는 것 말고, 따로 한 개 더 보너스 같은 차가 박스 밖에 붙어 있어서 그걸 마셨는데 맛있었다. 이날 마신 차는 벨벳 골드 라운드. '묵직했던 바디감'이라고 써져 있었다.

그런데 이렇게 다양한 차의 풍미를 즐기던 중, 오전에 일이 생겼다. 내가 K 상무님에게 직접 전화해서 특정 프로젝트에 대한 현황을 해외 협력사가 물어보는데 어떻게 대응하면 되는 지 질의했다가, 결국 다른 건물로까지 불려가는 상황이 발생했다. 나뿐만 아니라, 이제 상사가 되어 버린 F 과장님까지 함께 호출되었다. 나와 긴밀하게 일을 하는 C 과장님이 K 상무님에게 많이 혼난 모양새가 되어버렸다.

C 과장님은 왜 바로 K 상무님에게 전화했는지 연유를 물으셨다. 회사에는 절차라는 게 있는데, 그 밑에 있는 직급 사람들에게 물어봐야지, 왜 바로 윗분에게 직접 연락을 취하느냐는 것이었다. 나중에 K 이사님까지 회의실에 들어와서 F 과장님에게 나를 관리 잘하라는 이야기를 하셨다. 나 때문에 윗분들에게 F 과장님이 야단을 들으셔서 정말 죄송한 마음이 들었다. F 과장님은 나에게 업무를 할 때에는 부디 진지해지라고 말씀해주셨다. 그래서 나도 F 과장님과 다른 윗분들로부터 주의를 받고 나서는 일 처리에 좀 더 조심스러워졌다.

그런데도 2월 마지막 날인 28일 오전이었다. 내가 무언가 실수를 한 행색이다. 그 내용을 곱씹어 보아도, 지금은 기억이 나지 않는다. F 과장님은 당일 오전 사무실에서 나를 나무라는 어조였고, 내게 핀잔을 주고 난 뒤에는 P님과 바람을 쐬러 가셨다. 그런데 이게 몹시 내 심기를 불편하게 했다. 나는 F 과장님보다는 같은 사원이면서 내게 상사 노릇을 하려고 드는 P님에게는 정말 밑을 보이고 싶지 않아서 그렇다. 앞으로는 정말 더 주의 깊게 업무를 처리해야겠다.

“예쁨 받으려고 노력해야 되는 것 아닌가요?”

앞서 언급했던 옥상에서 있었던 언쟁 이후, 이제는 P님도 전과는 조금 달라져서 조심을 하는 느낌은 들었다. P님은 지금처럼 처신해서는 내가 이 회사에 일 년 이상을 버틸지 상상도 못하겠다고 한다.

최근에 나는 P님에게 내가 하고 싶었던 말을 다했다.

“지난번에 다른 과장님, 대리님 앞에서 ‘재호 씨가 대든다’는 표현을 썼잖아요. 아직도 그렇게 생각하고 있는 거예요?”

그러자 P님은 이렇게 대답했다.

“어느 정도는 아직도 그렇게 생각해요. 우선 내가 이 회사에서만 2년 근무했잖아요.”

P님은 단순히 햇수로만 이 회사에 오래 있었다는 것을 내세우는 것보다, 나보다 그가 회사에 오래 있어서 그의 영향력이나 파워가 더 강하다는 것을 내세우려고 했다. 예를 들자면, “온 지 2개월 된 문재호 씨가 임원들에게 이야기하는 게 더 잘 먹힐까요, 아니면 제가 이야기하는 게 더 호소력 있게 들릴까요?”

이렇게 말하면서 한편으로는 자신이 나를 도와줄 수 있다는 식으로 이야기한다.

P님은 자신이 쓴소리하는 사람, 잔소리하는 사람이 되고 싶지 않다고 했다. 회사에서 업무적인 이유로 그나마 직설적으로 나에게

말을 하는 사람은 F 과장님 정도라고만 이야기했다. 그리고 P님은 내게 다음과 같이 말했다.

"문재호 씨, 나는 어떻게 하면 문재호 씨 기분이 나쁘지 않게 말할 수 있을까를 항상 생각해 봐요. 솔직히 직속 상관인 F 과장님 외에 문재호 씨에게 업무에 대해서 방향성을 제시해주는 사람이 이 회사 안에 또 누가 있나요? 나는 결코 문재호 씨가 기분 나쁘라고 말하는 게 아니에요."

그리고 P님은 또 이런 말도 했다.

"문재호 씨가 그렇게 원하는, 서서 일하는 책상을 사용하게 해줬으니, 이런 말을 하면 좀 애매하긴 하지만, 상사들에게 어느 정도 예쁨 받으려고 노력해야 되는 것 아닌가요?"

P님이 이렇게 마치 윗분들이 하고 싶은 이야기를 내게 대신 하는 기분이 들게 하는 질문을 하자, 나는 다음과 같이 평소 생각해 오던 돌직구를 던졌다.

"제가 입사하고 얼마 되지 않아서, 퇴근한 이후에 지하 구내식당에서 같이 저녁을 먹은 적이 있었잖아요. P님은 그당시 제게 '이 회사는 텃세를 안 부리는 게 장점'이라고 했어요. 그런데 지금 내가 느끼는 건 P님이 제게 텃세를 부리고 있다는 것이죠. 이 점에 대해 어떻게 생각하시나요?"

사회생활을 할 때에는 '역지사지'가 필요하다

내가 이 질문을 하니, P님은 동문서답을 했다고 해야 할까. 나는 P님과 관계적인 측면을 가지고 이야기하는데, 그는 내 '업무'에 대해서 이야기를 했다. 내가 생각할 때, 아마 본인에게 불리한 질문에 대해서는 뭐라고 말을 해도 도움이 되는 게 없어서 회피한다고 느껴졌다. 그래서 나는 말을 계속 이어갔다.

"저는 P님과 업무적으로 겹치는 게 여태까지는 없었고, 앞으로도 잘 모르겠어요. 우리가 친하다고는 할 수 없는 사이지 않나요. 난 '우리'가 잘 지내는 데 제일 좋은 건 P님이 사무실이라는 같은 공간을 영위하는 측면에서 '옳다/그르다'라고 판단하지 않고 '위/아래'로 나누지 않는 평등한 관계로 지내면 잘 지낼 수 있을 것 같은데 어떻게 생각하나요?"

이 말에 P님은 동의하지 않았다. 비록 지금 나와 P님이 업무적으로 나누어져 있지만, 결국에는 일의 본질이 동일하다고 생각한다고 말했다. 즉 P님에 의하면, 결국 내가 이 회사에 신입으로 들어온 것이고, 직급을 받고 온 게 아니라 사원으로 들어온 거니까 자신의 태도가 맞다는 것이다. 나보다 '윗사람'이라는 말이다. 그래서 '대든다'는 말을 해도 괜찮다는 요지였다.

이런 명확한 의사 표현, 좋다. 서로 입장의 간극을 확인할 수 있으니까. P님의 이렇게 확실한 의사 표현을 확인하고 나서, 한 가지 사실은 분명해진 걸 느낄 수 있었다. 즉, 인간관계에서 수평적인 구조를 선호하는 나와, 수직적 문화와 인간관계에 물들어 있는 P님이 앞으로도 잘 지내기는 쉽지 않을 것이라는 사실 말이다.

P님은 그의 입을 빌리자면, 자신은 사람을 좋아한다고 한다. 하지만 내 생각엔 사람을 좋아한다고 하면서, 자신보다 한 직급 위이지만 동갑인 C 대리님과 왜 사이좋게 못 지내는 걸까. P님이 결국 사람을 좋아한다는 표현은, '그와 맞는, 혹은 그를 좋아해주는' 사람을 좋아한다는 것으로 이해가 된다. P님은 회사 입사가 만 2년 차가 거의 다 되어가고, 반면에 C 대리님은 입사 8개월 차다.

우리 사회에서 너무 서열을 강조하는 문화가 좋을 게 없다는 생각이 든다. P님의 경우에도 역지사지의 태도로 생각한다면 내게 서열을 너무 강요하는 게 본인에게도 좋을 게 없다는 말이다. 나와 같은 처지가 될 때에는 본인도 편안하지는 않을 테니까. 동갑인 사람이면서 입사 개월도 적은 사람이 자기보다 직급이 높을 때에도 편하지 않은데, 나처럼 동갑이면서 직급도 같은 사람이 항상 윗사람처럼 군다면 어떻게 마음이 편할 수 있을까.

P님이 내 처지를 이해해주면 좋겠다. 사실 우리도 외국처럼 하는 일만 각자 다르고, 직급에 연연하지 않았으면 좋겠다. 그렇다면 회사 내에 이런 갈등으로 인한 감정 소모가 줄어들 테니 말이다. 뉴스에서 가끔씩 들리는 소식에 의하면, 우리나라에도 간혹 어떤 회사에서는 의사소통이 잘되는 수평적인 회사 분위기를 위해서 '대

리', '과장', '차장' 같은 직급을 없애고, 모두가 같은 호칭인 '~님'으로 통일했다는 이야기도 있다. 앞으로 우리도 이런 직장 내의 수평적인 관계가 좀 널리 퍼져나가기를 소망해 본다. 그렇지 않다면 나 같은 사회 부적응자는 이 사회에 적응하기가 더 쉽지 않을 것 같다.

03

상사에겐 사실관계가 달라도 무조건 공손한 태도로 대해야 한다

어느 날, F과장님이 해외 협력사에서 전화가 왔다고 이야기하셨다. 회사에 들어오고 두 달 정도 되어서야 안 사실이지만, 이메일 서명란에 내 번호가 F 과장님의 회사 전화 번호로 되어 있었다. 그 이유는 지금 쓰는 회사 전화기와 컴퓨터를 전임자로 인수 받았고, 서명란에 내 전화번호를 기입할 당시 쓰던 회사 전화기를 2주 뒤에 입사한 F 과장님이 사용하게 되었기 때문이다.

F 과장님에게 어제 들었던 말은, "5~10분 뒤에 해외 협력사로부터 연락이 올 것이니 자리에 가서 대기하라"로 기억했다. 그런데 어제 전화가 오지는 않았다. 대신, 전날 퇴근할 때 이메일이 도착했다. F 과장님은 오늘 오전에 해외협력사에 전화를 했느냐고 물었고, 나는 무슨 소리냐고 되물었다. 여기서, F 과장님이 다소 짜증 섞

인 목소리로 어제 전화하라고 하지 않았냐고 반문을 하는 상황이 연출되었다. 이게 오전 10시 전후쯤 상황이었을 것이다.

그 당시에는 F 과장님의 질책에 당황해서 적확히 어제 어떤 대화가 오갔는지 생각나지 않았다. 그러나 오후 두세 시쯤 되자, 회사를 나와서 밖을 거닐면서 어제 있었던 일들을 상기해보았다. 분명한 것은 F 과장님이 나에게 했던 말은, 내 자리에 가서 5~10분 '기다리라'는 말이었지, '전화를 하라'는 말은 없었다는 것이다.

이러한 사실을 F 과장님의 자리로 가서, 다소 공손하지 않은 어조로 말씀드렸다. 어제 기다리라고 했지, 전화하라고 지시하신 건 아니라고 사실을 이야기했다. F 과장님은 나를 밖으로 나오라고 했다. 그리고 나 보고 불평하는 거냐고 물으신다. 그 다음에 불같이 화를 내셨다. F 과장님은 나에게 회사를 그만둬도 상관이 없다고 하셨다. 나랑 같이 일을 못하겠다고 했다. 윗분들에게도 이야기를 해야겠다고 말씀하셨다. F 과장님은 사무실에 들어왔다가 얼마 안 되어서 다시 나를 불러내었다. 그리고 한참동안 설교를 하셨다. 내가 할 수 있는 반응은 없었다. 단지, F 과장님이 화를 내기 시작할 당시에 제가 공손하게 물어보지 못해서 '죄송합니다'라는 사과는 드렸다.

이 사회에 적응하려면
무조건 '죄송합니다'를 연발해야 한다

며칠 뒤, 나는 다른 과장님들에게 나와 F 과장님 사이에 일어났던 일에 대해서 자초지종을 설명했다. F 과장님이 이미 윗분에게 보고했다는 사실도 전달받았다. 아직 위에서 나를 호출하진 않았다. 회사에서 나와 종종 쉬는 시간을 함께하는 분들은 지금 F 과장님도 생각이 많을 거라고 한다. 나의 경우 편하게 일하고 싶은데, F 과장님 입장에서는 본인이 나를 관리감독하면 업무가 더 많아지니, 그러고 싶지 않다고 위에 보고한 상황이라고 한다. 주위에선 나에게 그냥 상황을 지켜보라고만 말해주었다.

오후 5시쯤, 윗분이 나를 불러서 F 과장님과 무슨 일이 있었는지 설명해 보라고 했다. 나는 이를 설명했고, 결과적으로 J 차장님 소속으로 팀 변경이 되었다. F 과장님은 해외에 보내는 메일에 참조만 넣으라고 한다. 한 조직 안에서 일을 하다 보면, 의견 충돌이 있을 수도 있고, 맞지 않는 사람, 좋아하지 않는 사람도 함께 가야 할 수밖에 없다고 F 과장님을 설득하셨다고 한다. 오늘 내게는 동갑이고 같은 사원이면서 상사 노릇을 하려는 P님보다, F 과장님이 더 신경이 쓰이는 존재가 되었다. 그래도 우선은 이렇게 일단락이 되는구나, 하는 안도감은 들었다.

“커피 한 잔 드시겠어요?”

한국의 회사 생활에서 상사에게 커피 타 드리는 건 기본이다. 2018년 4월, 근무하는 사무실이 ‘나만’ 변경이 되었다. 그 이유는 나중에 설명하겠지만 말이다. 그래서 당연히 함께 시간을 보내는 사람과 행동반경 또한 바뀌었다.

그런데 보통 하루에 두세 번은 바로 위 사수인 C 과장님이 같은 사무실 안의 상사들에게 건네는 말이 있다. 바로 다음과 같은 말이다.

“커피 한 잔 드시겠어요?”

C 과장님이 상사들과 커피를 먹자고 하는 것에 대한 함의에 대해서 본인이 직접 언급한 적이 있다. 업무에 대해서 논쟁을 했거나, 업무적으로 실수를 해서 상사에게 사죄의 표현을 하거나, 무언가 부탁할 것이 있거나, 사무실에서 업무만 하면 답답하니 다른 이야기를 하면서 숨고르기를 하자는 의도와 같은 함의들. 아무래도 보수적인 회사인지라, 상하관계가 명확해서 윗사람과 아랫사람의 역할이 명확하다. 그래서 주어진 역할을 잘 수행하면 예쁨 받는 것이다.

이에 대해서, 나처럼 합리성을 중시하는 사람도 대놓고 반문하지는 않는다. 다만, 상사들과 바람을 쐬러 가지 않겠느냐고 내가 물을 때도, 해당 상사가 나에게 먼저 커피를 타준 적이 있는지 없는지와 같은 점을 참작해서 선호하는 음료를 제조해 드릴 때가 있기도 하다. 그러나 기본적으로 자기 음료는 자기가 알아서 마시는 게 제일 깔끔하다고 생각하기에, 상사들의 음료를 내가 타드린 것은 손에 꼽을 정도이다. 같은 회사라도 사람, 팀, 사무실 분위기에 따라 커피를 누가 타느냐와 같은 역할도 다르다.

내가 한국 사회의 회사 생활에서 이러한 기본을 지키지 않아서 2018년 5월 31일에 퇴사를 하는 것은 아니다. 다만, '이런 기본적인 것 하나'가 나라는 사람의 성향과 자리를 이동한 사무실의 분위기와 성향이 다르다는 것을 나타내는 대표적인 상징이 되지 않을까.

04

맑은 하늘처럼 태도의 변화가 생기다

올해 3월의 어느 날 아침이었다. 여느 때처럼 차에서 내려서 회사에 도착하니 8시였다. F 과장님이 이메일을 받아 보았냐고 내게 물어보셨다. 내가 F 과장님을 대신해서 여의도로 외근을 가야 할 것 같다고 말씀하셨다. 그래서 나는 외근 다녀와서 점심을 먹고 사무실로 올라왔다. 그 다음에는 내가 정리한 문서와 책자를 F 과장님에게 전달 후, 양치했다.

오후 1시쯤, J 차장님에게 20분 정도 자도 되는지 물어보고, 회의실에서 눈 좀 붙이고 오라고 해서 그렇게 했다. 두세 시쯤 되니, 봄이 성큼 왔다는 것이 느껴지는 날씨였다. 하늘도 푸르고 맑았다. 나는 사무실 사람들에게 봄이 왔음을 알렸다. 그러다가 4시 반쯤, L 과장님과 옥상으로 바람을 쐬러 갔다. 옥상에서 바라보니 푸르른

하늘이 눈에 확 들어와서 가슴이 탁 트이는 듯했다. 어제는 스모그인지 미세먼지가 많이 껴서 여의도가 잘 안 보였는데, 오늘은 제법 잘 보였다.

서로 스타일을 잘 몰랐을 뿐, 이제 알아가면 되는 것

L 과장님과 오전에 여의도 다녀온 이야기를 나눴다. 그리고 F 과장님과도 자연스럽게 말문이 다시 트이게 된 것을 알렸다. L 과장님도 내가 F 과장님과 다시 잘 대화하는 걸 봤다고 한다. 나와 F 과장님이 서로 스타일을 잘 몰랐던 것이고, 이제 알아가고 있는 것이라고 하셨다.

우리는 L 과장님이 아이가 있는지라, 아이들 놀이 문화에 관해 이야기하게 되었다. '우리'가 꼬맹이 시절 동네에 있는 텀블링에 올라갔을 때와 요즈음 아이들이 트램폴린 파크에 가는 것의 차이점에 대해서도 말이다.

L 과장님이나 내가 어렸을 적에는 나이에 구애받지 않고 텀블링 요금을 받는 아저씨가 '어린이'라고 판단하면 텀블링 위에서 노는 게 누구나 가능했다. 그리고 우리 동네에는 텀블링이 한두 개가 있었던 것으로 기억한다. 큰 것 한 개, 작은 것 한 개. 텀블링 요금도 기껏 해봤자, 오락실 게임 몇 판 수준인 몇 백 원으로 기억한다.

그러나 옛날에는 부담이 되지 않았던 텀블링이 요즘에는 제법 거금을 들여야 하는 놀이 문화로 변화되었다. '트램폴린 파크'라는 영어 표현을 쓰면서 텀블링만 취급하는 게 아니라, 텀블링 위에서 놀 수 없는 영유아 아이들을 위해서는 키즈존, 파티룸, 카페 등이 구비돼 있다고 한다. 부담되는 것은 1회 2시간 이용 요금이 2만 원이나 한다는 점이다. 엄마들 사이에서는 인기가 많다고 하니, 영유아 때부터 놀이 문화에서도 부익부 빈익빈 현상이 나타나는 게 몹시 안타깝게 느껴졌다.

L 과장님과 나는 이날, 이런 대화를 하면서 좀 더 친근함을 느꼈다. 그리고 L 과장님이 F 과장님과 나와의 갈등에 대해 이해해주는 마음이 고마웠다. 앞으로 F 과장님과도 잘 지낼 수 있었으면 좋으련만.

"니가 뭔데, 이 사회가 짜놓은 촘촘한 암묵적인 위계와 질서를 부수려고 해?"

다음날이었다. 어제 날씨도 포근했는데 오늘은 그보다 평균 4도가 더 올라간다고 해서, 반소매에 가죽 재킷을 걸치고 회사로 출근했다. 반팔 위에 겨울 점퍼를 걸쳤어도, 오전에는 좀 추웠다. 오늘 날씨는 오전에 10도. 정오부터는 17도까지 기온이 올라왔다. 3월인데도 사무실에서 반팔을 입고 있는데, 나쁘지 않았다.

F 과장님에게서 문자가 왔다. 다음 날 출근하기 전에 카페로 오라고 한다. "일을 저지르고 나니까 편해? 좋아?"로 대화가 시작되었다. F 과장님은 나랑 일이 일어나고 나서, 그날과 그다음 날 생각을 많이 해봤다고 한다. F 과장님은 이사님에게 나와 같이 일하기 어렵다고 언급했다고 한다. H 이사님이 부르지 않았냐고 F 과장님이 물었다. 아마 F 과장님과 언쟁이 있었던 다음날 오후에 H 이사님이 날 부르신 것 같다. 그렇다고 대답했다. 그래서 H 이사님에게 F 과장님과 있었던 일을 설명했다고 답했다.

F 과장님은 본인에게 이런 일이 일어나서 매우 당황스러웠고, 머리가 하얘졌다고 한다. F 과장님이 해외에 오래 거주했지만, 그동안 접했던 사람 중 나처럼 당돌한 한국 부하 직원은 없었다는 뉘앙스로 말을 하셨다.

F 과장님 입장에서는, 기존 사회의 통념과 질서를 거스르는 내가 불편하기도 하고, 재미있기도 했던 것 같다. 그리고 동시에 종

종 언짢기도 하지 않았을까 싶다. 불편하고 언짢은 이유는 “니가 뭔데, 이 사회가 짜놓은 촘촘한 암묵적인 위계와 질서를 부수려고 해?”가 될 수 있고, 재미있는 이유는 공교롭게도 불편하고 언짢은 이유와 같다. 일종의 ‘양날의 칼’이라고 할까.

F 과장님과 논쟁이 있었던, 약 일주일이 지나고 나서 시작된 대화였다. 내가 미국에서 고등학교와 대학교의 일부 과정을 다녔고. 경영학과를 전공해서 나에 대한 기대치가 높았다고 한다. 또 F 과장님 본인은 공대생이어서, 문서 작업을 하면 경영학과 사람들이 종종 잘 정리하고 요약해서 나도 그러한 역할을 잘할 것이라 짐작했다고 한다. 그러나 내가 문서를 정리한 것을 보고는 정말 실망했다고 한다. 그래서 내게 더 강하게 몰아붙였던 것도 있다고 했다. 그리고 앞으로도 갈등이 있기 전처럼 업무를 하기로 하고, 대화는 종료되었다.

Part 9

내가
네가 되고,
네가
내가 된다면

01

회사에서도 '기브앤테이크'라는 점을 명심해야 한다

3월의 어느 날이었다. 전날 밤 11시 30분에 취침했으나, 오늘 눈 뜬 시간은 새벽 5시 30분이다. 고구마와 김치 그리고 전날 엄마가 해놓은 찹스테이크를 아침으로 먹고 나갈 채비를 했다. 10에서 14도 사이의 날씨. 6시 30분에 회사에 도착했다. 다시 피로감이 몰려온다. 그래서 오전 7시 40분까지 다시 취침했다.

F 과장님이 출근해서 내 자리로 오더니, 어제 이야기했던 '일감'을 던져 주셨다. 12페이지 길이의 논문이었다. 과장님은 나에게 오늘 끝낸다는 목표를 가지고 이 작업을 하라고 했다. 내용이 어려웠다. 오늘 점심에 당번이어서 C와 밥을 먹으러 갔다가, 화장실에서 마주친 F 과장님에게 점심시간도 할애해야 하는 거냐고 물어보았다. 그랬더니 F 과장님은 당연하다고 말씀하셨다.

현재 회사 내에서 F 과장님과 나는 해야 할 업무와 영역이 명확한 편이다. F 과장님은 내가 맡은 분야에서 빠진 부분 정도나 확인해주는 역할이었다. 분명한 것은 주요 담당자가 나라는 사실이었다.

이 회사에 입사하고 나서 처음으로 특정 회사에 구매 주문서를 보내게 되었다. 전 직장에서야 여러 차례 보내긴 했지만, 이번에는 처음이니 약간의 긴장감은 있었다. 나에게 이를 지시한 C 과장님은 영문으로 직접 해당 문서를 작성했다. 나는 어색한 표현을 수정했다. 그리고 물품이 언제까지 들어와야 되는지, 날짜, 개당 단가 등을 기입했고, 이를 F 과장님에게 보내서 확인을 요청했다. F 과장님은 원산지 증명서 확인, 수량 확인, 그리고 날짜 확인까지 내가 신경 쓰지 못한 부분들을 집어주셨다.

때로는 실수를 감싸주는 것도 필요하다

F 과장님은 이렇게 내게 고마운 분이다. 내 부족한 역량을 도와주시니 말이다. 그런데도 내가 지난번에 F 과장님이 착각하신 업무 지시 사항에 불손하게 질의한 것을 보면, 내가 사회 부적응자가 맞긴 맞는 것 같다. 비록 F 과장님의 업무라고 해도, 항상 내 업무를 이렇게 잘 챙겨주시는데 말이다. 나는 결국, F 과장님이 한번 실수하신 걸 일일이 물고 늘어진 셈이 되었다. 그때 평소 잘해주셨던 걸

생각해서 내게 착각하신 지시 사항으로 화를 내셔도 그냥 넘어갔어야 했는데, 최소한 공손하게 말씀드렸어야 했는데 내가 너무 나 자신만 생각했던 것 같다.

아니, 난 그저 부당한 상황에 화가 났던 거다. F 과장님이 잘못 전달한 지시 사항으로 행하지 않은 것에 대해 짜증을 내시는 걸 이해할 수 없었던 것이다. 그렇지만 어떤 사람도 실수는 할 수 있는 법이다. F 과장님도 마찬가지일 텐데, 나도 이해심이 부족한 건 맞는 것 같다. 인간적으로 그 상황에서 비록 F 과장님이 잘못 기억하신 사항에 대해 화를 내시더라도, 평소 잘해주신 걸 생각하면 내가 그렇게 불손하게 질의를 하면 안 되는 것이었다.

나는 너무 잣대를 나 위주로 생각하는 것 같다. 나만 옳고, 나만 정확하면 된다는 것이다. 세상은 기브앤테이크인데, 나는 받는 것만 생각하는 것 같다. 내가 부족하다는 것은 생각을 못하는 것 같다. 역시 나는 사회 부적응자이다. 이 사회도 날 부적응하게 만드는 오류를 갖고 있지만, 나 역시 완전하지 못한 인간이기에 내게 잘해주는 사람들을 많이 실망시키는 측면도 있는 듯하다. 이편에서 봐도, 저편에서 봐도 역시 나는 사회 부적응자인 것이다.

이건 아마 내가 한 가지에만 너무 집착해 생각하는 습관이 있어서 그런 듯하다. 그 상황에서 옳고 그른 것에만 집착하다 보니, 전체적인 관점에서 생각을 못 하는 측면도 생긴다.

'고맙습니다, F 과장님!'

나는 소심하게 마음속으로만 F 과장님에게 감사의 마음을 전했다. 대신에 오늘은 F 과장님이 압박을 많이 한 업무를 충실히 이행하려고 노력했다. 그래서 오전도, 오후도 딴짓은 거의 하지 않은 채 번역 등 나에게 주어진 일들에만 집중했다.

직장 생활은 꼼꼼함과 디테일이 필수다. 그래야 욕을 안 먹고, 또 믿고 일을 맡길 수 있는 사람이 되는 것이다. 사람이란 실수를 할 수 있다. 하지만 이게 '치명적'이면 안 된다. 생각해 보면, 직장 생활이란 게 참 재미있다.

F 과장님에게는 퇴근 1시간 전쯤에 가서 오늘 번역을 얼마나 했는지 말씀을 드렸다. F 과장님은 번역은 그렇다 치고, 내 자리로 오셔서 왜 이렇게 자리가 지저분하냐는 지적을 하셨다. 내 자리 사물함들을 열었고, 안 쓰는 물건들은 정리를 하라고 꾸중하셨고, 나는 이를 받아들였다. 나는 워낙 정리를 몰아 놓았다가 하는 취향이라, 남들이 보기엔 지저분해 보였나 보다.

덕분에 내 자리는 한층 깨끗해졌다! 그런데 오늘 번역이 생각보다 그렇게 급한 것 같지는 않은 건지, 아니면 F 과장님도 내가 노력했다는 사실을 알아주시는 것인지 더 이상 압박을 안 하신다. 그래서 퇴근을 하고 카페에 오니 7시 40분이다. 지하철에서는 노래만 들으면서 왔다. 원래는 그날 있었던 일을 기록하기도 하는데, 오늘은 종일 무언가 보는 일을 해서 그런지, 번역을 워낙 많이 해서 그런지, 손가락도 까딱하고 싶지 않다.

02

취미 생활에도 감정 노동이 필요하다

올해 3월의 어느 금요일 저녁, 퇴근하고 신논현역으로 이동했다. 내가 참여하고 있는 동호회 모임에 가기 위해서다. 올어바웃스윙이라는 스윙 댄스 동호회이다. 스윙잇바에 7시 35분쯤 도착했다. 8시에 선생님들이 출석을 부를 때까지 기다렸다가 연습실로 이동했다. 그런데 사람들이 나를 반장으로 오인하는 것 같아 매우 부담스러웠다. 여기에 대해선 이후에 더 자세히 설명하겠다. 나는 주말 시간이 애매해서 금요일반으로 잡았다.

그런데 수업에서 댄스 동작만 보았을 때는 그렇게 어렵지 않은 것 같았는데, 막상 연습이 끝나고 보니까 응용하기가 쉽지 않다. 마치 졸업공연 연습은 잘 끝마쳤는데, 이를 실전에 응용하기가 난해한 것과 비슷하다고 해야 할까. 수업을 마치고, 수다 시간이 밤

11시 30분까지 이어졌다. 춤을 잘 추시는 분들의 춤을 보고 우와! 하고 탄성을 지르기도 했다.

'열심히 하다 보면 나도 저렇게 잘 출 수 있겠지?'

이런 생각을 하면서 우리는 논현역 쪽에 있는 술집으로 이동했다. 마침 내가 끝에 앉아서 그런지, 술 가져 오기, 잔 가져오기 등을 도맡았다. 하루밖에 안 했는데, 이로 인한 스트레스가 그 다음 날까지 미칠 것 같았다.

이날, 같이 앉으신 분들과 졸업공연을 준비하는 과정과 파트너와의 호흡에 대해서 이야기했다. 또 이 동호회 활동을 하면서 서로 연인이 된 분들 이야기, 사귀다가 헤어진 골프선수와 어떤 분의 이야기도 나왔다. 그런데 나는 이런 자리에 익숙하지 않나 보다. 마음 속으로는 '그래, 이런 술자리에는 오래 있지 말아야지' 하는 생각만 들었다.

이날 뒤풀이 1차가 새벽 2시 반 정도에 끝난 것으로 기억된다. 집으로 돌아가는 길이 문제였다. 나는 종각까지 심야 버스를 타고 가다가, 온수에서 환승을 생각해 보니까 너무 귀찮게 느껴졌다. 게다가 심야버스 운행 횟수도 적은데 말이다. 결국 택시를 불러서 올림픽대로를 타고 가다가, 경인고속도로로 바꿔서 집으로 왔다. 목동에서 2차선 도로 중 두 번째 차선에서 터널 내부 물청소를 해서 잠시 막힌 것 말고는 길은 잘 뚫렸다. 요금이 3만원 조금 넘게 나왔으니 말이다.

지금까지 이 동호회에 나오면서 자정을 넘어서까지 술집에 있었던 적은 없었다. 앞으로 금요일 수업에 나오면 뒤풀이에 참여를 못 하니, 양해해 달라는 의미의 참석이었다.

그런데 다 끝나고 보니 굳이 그럴 필요가 있었나 하는 생각이 든다. 내가 시간이 될 때 참여해서 즐겁게 놀면 되는 거지, 책임감과 의무감으로 뒤풀이에 참석해 놀아야 할 이유는 전혀 없었으니까 말이다.

그래도 춤만 추고 오면 어색하니까, 원래 금요일에만 가려던 계획에서 이전처럼 5:30~7:30 강습, 7:30~9:30 연습. 그리고 뒤풀이에 1시간 정도 있다가 집에 가는 게 제일 무난하다는 판단이 든다. 이를 다음 주에 이행해 봐야지. 안 하던 감정노동을 하게 되니까, 내가 까칠해진다.

집단에서 감투를 쓰기 전에 알아야 할 것들

다음 날 아침이었다. 그 전날, 올어바웃스윙에서 감정 노동을 해서 아침에 기분이 썩 좋지는 않았다. 엄마는 내가 민감한 사람이라, 어제와 같은 일이 있으면 후유증이 있다고 한다. 내가 스트레스를 받은 정황은 간단하다. 어제 올어바웃스윙 측에서 출석 체크 담당 '스텝'이 필요하다고 했을 때, 내가 맥락을 크게 고려하지 않은

게 제일 원인이 크다.

난 반장을 뽑는 동안에 출석 체크, 수업 장소 오픈, 마무리 정리만 하는 것으로 생각했다. 그런데 사람들의 반응은 그게 아니었다. 다들 내가 마치 반장을 하는 것이라고 단정 짓는 것 같았다. 그래서 "반장 하시는 거예요?"라는 질문을 몇 번이나 받으니, 나는 부담감이 크게 밀려왔다. 왠지 수업이 끝나고, 연습하고 난 뒤에 사람들을 모아서 뒤풀이 장소로 가야만 될 것 같았다. 그리고 자리마다 술잔과 술이 없으면 내가 다 챙겨야만 할 듯했다.

이제까지 뒤풀이 때는 모두 막차를 타고 갔다. 이날 내가 끝까지 남아 있었던 이유는 앞으로 연습하면 막차 시간이니, 처음에는 얼굴을 비치려는 것이 목적이었다. 그런데 사람들이 반장으로 오인하니, '그래 하루만 하자'라는 생각으로 '버텼다.' 하지만 생각해 보니, 취미로 재미있자고 나온 동호회에 스트레스를 받는 건 어불성설이다.

올어바웃스윙이라는 스윙 댄스 동호회에 벌써 석 달 가까이 나오고 있지만, 커뮤니티를 조성하는 것, 사람들이 이 커뮤니티를 좋아하게 만드는 것, 등이 참 어려운 일이라는 것을 느낀다. 다른 것은 차치하고, 나도 춤을 잘 추고 싶은 욕구가 있고, 잘 추는 사람들의 춤을 보는 것도 재미있다. 그리고 음악과 분위기도 재미있다. 그래서 해야 할 일이 있지만, 꾸역꾸역 나오고 있다. 항상 일만 하면서 살고 싶지는 않기 때문이다.

내가 마음에 들지 않았던 부분을 곱씹어 보았다. 어떤 동호회 회원은 내가 반장 아니냐면서 궂은 일을 '종용'했다. 당시에는 '그래, 하루만 하면 되는데'라는 생각으로 했는데, 나중에 다 하고 나니 화가 났다. 그건, 그 회원이 일종의, 나이를 빌미로 한 갑질로 느껴졌기 때문이다. 굳이 이 회원만 콕 집지 않아도, 나를 반장으로 오인하게 된 것에 대한 부담감 그리고 그에 대한 보상이 무엇인지도 잘 모르고 스텝하라는 것을 수락했던 점. 맥락에 대한 고려가 부족했던 내 잘못도 있었다. 좋은 경험이기도 했지만, 다음에는 어떤 감투를 쓰기 전에 그 감투가 가지게 되는 '함의/책임/권한/보상'을 명확히 이해하고 떠맡아야겠다는 교훈을 얻게 된 일이었다.

03

개인도 조직에 "까라면 까!"라고 요구하면 역시 안 된다

역시 올해 3월의 어느 날이었다. F 과장님이 어제 오전 9시쯤에 내게 11페이지 길이의 계약서를 주면서 하루 안에 번역할 수 있는지 물어보았다. 나는 양이 많으니, 그다음 날 오후 3시까지 하기로 합의했다. 그리하여 어제도, 오늘도 참 치열하게 번역했다.

그런데 오늘 오전 9시 전후에, K 상무님이 번역을 어디까지 했는지 내게 물으셨다. 나는 3분의 2 정도를 했다고 답변했다. 오전 안에 끝내라는 지시가 내려왔다. 이후, 내가 번역한 내용을 F 과장님이 보시고, 또 그다음에는 윗분들에게 넘겨졌다.

F 과장님은 내가 번역한 내용을 보고, 꾸짖기 시작했다. 이게 지금 번역기를 가지고 번역한 게 아니냐고. 그래, 사실 번역기도 사용했다. 주어진 시간에 비해서 양이 너무 많아 번역기의 힘을 좀 빌렸

다. 그렇다고 "F 과장님도 번역기와 네이버 영어 사전을 잘 쓰시지 않나요?"라는 말은 굳이 하지 않았다. F 과장님은 내가 수정하지 않은 부분들에 대해서도 지적했다. 또 F 과장님은 내가 번역한 내용에서 무작위로 한글 문장을 가리고 번역해 보라고 하기도 했다.

내가 번역을 잘했을 경우도 있었고, 아닌 경우도 있었다. 이번 건도 역시 그랬다. F 과장님은 내가 사용한 조사가 어색한 부분도 집어내셨다. 그리고 F 과장님이 생각했을 때는 어색한데, 내가 보았을 때는 문제가 없는 부분도 있었다. 이럴 경우 F 과장님이 문제 제기를 하고, 내가 봤을 때 이상이 없을 경우에는 그냥 넘어갔다. 물론, 내가 명백히 번역을 잘못한 부분도 있다.

F 과장님은 내가 한 번역을 보고, 다음과 같은 사항들을 지적하셨다.

1. 왜 어떨 때는 한글이 먼저, 영어가 먼저인가? 순서에 통일성이 없다는 것.
2. 왜 어떨 때는 존댓말, 반말인가. 혼용되면 안 된다. 통일성이 필요하다는 것.
3. 용어에 대한 통일성(그런데 이건 내가 못한 것 같지는 않다).
4. 글자와 글자 사이의 공간인 자간. 그거는 그렇다 치고 넘어가는 F 과장님.
5. 번역할 때에는 영어에서 한국어든, 한국어에서 영어로 번역

하든지, 순서는 '원문 ⇨ 번역문'이라고 한다.

나 역시 '까라면 까!'의 한 일원이 되어 있는 건 아닌지!

이렇게 F 과장님에게 나는 심한 꾸중을 들었다. F 과장님은 나에게 기본기가 부족한 것 같다고 하셨다. 또 F 과장님은 내게 "일 잘한다고 그러지 않았어?"와 같은 식으로, 웃으면서 하고 싶은 말을 잘하신다. 이제까지 뭐, F 과장님과 한 일주일 정도 어색하게 지낸 과거가 있긴 하지만, 과거는 과거다. 지금은 괜찮다. 이런 지적을 처음 받는 것도 아니다. 이렇게 나는 마인드컨트롤을 시도했다. 그래서 그리 기분이 나빠지진 않았다.

사실 내가 업무를 좀 소홀히 한 적도 있었기 때문이다. 시간에 쫓겨서 성의 없이 번역기를 돌린 것은 내 잘못이다. 내가 내 개성을 주장할 수 있으려면, 내 업무를 완벽하게 처리하고 나서 주장을 해야 할 것 같다. 내 일도 제대로 못 하면서, 나의 권리만을 주장하는 것은 여기가 개인의 취향을 확실히 존중해주는 미국이라고 하더라도 안 될 것이다. 역시 나는 사회 부적응자이다.

'까라면 까!'라는 문화에 반기를 들 수 있는 것도, 내가 철저하게 내 의무를 다할 때 논리적으로 맞는 것 같다. 할 일을 제대로 하지 않으면서 이 사회의 부조리한 면만 까댄다면, 나 역시도 이 사회에 "까라면 까!"라고 말하는 무언의 폭력을 행사하는 것과 같기 때문이다.

앞뒤 안 가리고 무조건 내 권리를 행사하는 것도 '까라면 까!' 방식이다. 나는 이제까지 이 점에 대해서는 생각을 못 해봤다. 회사에 무조건 내 취향만을 받아들이라고 강요한 측면도 있다. 먼저 내가 회사에 나의 실력을 확실히 보여줬다면, 내가 요구했던 내 개인적 취향도 어쩌면 더 쉽게 받아들여졌을지도 모른다. 아무리 의사소통이 단절된 이 사회의 직장이라고 하더라도 말이다.

그러니 역시 여기에서도 역지사지의 태도가 필요하다. 나 역시 '까라면 까!'의 한 일원이 되어 있는 건 아닌지. '개인의 취향은 무조건 존중되어야 한다'는 이 대의에만 너무 집착한 건 아닌지. 물론 개인의 취향이 존중되는 사회가 되어야 한다는 건 두말하면 잔소리다. 하지만 그와 동시에 그 개인이 자기가 맡은 일은 확실히 해내는 책임감을 발휘해야 하는 것 역시 당연한 이야기다.

그러나 이제까지 내가 과연 그러했는가를 되돌아볼 때, 백 퍼센트 '그렇다'고 말할 수는 없을 것 같다. 이번 일만 해도 내게 주어진 업무에 대해 무책임하게 번역기를 돌려댔으니, F 과장님이 꾸짖는 것도 당연하다. 물론 때로는 F 과장님이 개인의 사물함 정리 상태까지 간섭하는 건 너무 도를 넘은 것 같지만, 이번처럼 업무에 대해서 꾸중하는 것은 당연한 것이다.

04

상급자라고 착각하는 P님과 담판을 짓다

올해 3월도 끝나가는 어느 날 아침, 사무실에 도착하니 8시 35분이다. 출근하는 길에 항상 나에게 상사 대접받고 싶어하는 P님을 만났다. 이때다 싶어서 P님에게 그동안 하고 싶었던 말을 했다.

"입사하고 나서 제가 P님에게 '주말, 잘 보내셨어요? 어떻게 보내셨어요?' 하고 물어봤을 때, P님이 저한테 '외국 사람들은 주말에 뭐 했냐고 물어봐?'라고 장난식으로 이야기하셨던 것 기억나세요?"

P님이 대답했다

"네, 기억나요."

나는 다시 말했다.

"그렇게 이야기했던 게 기분이 나빴고, 지금도 여진이 남아 있어요."

사내에서 F 과장님과 나는 영어로 대화를 종종 했다. F 과장님과 영어로 대화하는 것을 제3자가 보고 듣는다고 해서, 그 점으로 인해서 P님은 나를 외국인으로 치부했다. 대부분의 인생을 한국에서 살았고, 군복무까지 멀쩡히 하고 온 사람에게 단지 영어로 소통했다는 이유만으로 외국인 취급을 한다는 것은 결코 유쾌하지 않았다. 이건 마치, 햄버거, 소시지, 스테이크 좋아하면 "너, 미국인이지?"라고 하는 것과 마찬가지의 함의라고나 할까.

P님이 잘라 말했다.

"장난이었어요."

나는 말을 이었다.

"장난은 그 장난을 받는 사람도 장난이어야 장난인 것 아닐까요? 제가 장난으로 P님 때려도 장난이니까 괜찮겠네요?"

이 말을 했을 당시 P님은 기분이 퍽 언짢은 기색이었다.

"아직 문재호 씨에 대해서 파악이 잘 안 됐어요. 그런데 본인이 통상적인 사람이 아니란 건 알죠?"

난 이 '통상적', 혹은 '일반적'이라는 말 앞에서 참으로 작아지는 나 자신을 발견했다. 왜 우리는 꼭 이 '일반적'인 기준에 사람을 맞추려는 걸까. 그리고 거기에 맞춰지지 않는 사람을 마치 장애가 있는 사람 취급한다. 나는 조금은 위축된 목소리가 나왔다.

"네, 알죠."

P님이 당당하게 말했다.

"조심해야 할 게 참 많네요."

나는 조용히 말했다.

"네, 그럼 조심 좀 부탁드릴게요."

갑질하는 사람에겐 따끔한 충고가 필요하다

이 기형적인 대화를 나눈 후, 나와 P님 그리고 한 분의 상사분과 같이 창고로 가서 열심히 정리를 했다. 약 1시간 반 동안 정리하면서 나온 쓰레기를 창고 인근에 있는 쓰레기 분리수거장에 가서 나는 열심히 분리수거했다.

나는 이 일을 마치고 나서 사무실로 돌아왔다. 갑자기 너무 피곤해져서 자리에 잠시 앉아 있다가, C와 바람을 쐬러 옥상에 올라갔다. C에게 오늘 아침, 출근길에 만났던 P님과 있었던 일을 들려주었다. 내가 입사하고 얼마 안 되었을 때, 비아냥거렸던 일에 대해서 언짢음을 표시하니, P님이 내가 통상적인 사람이 아니라고 했던 점 그리고 조심해야 할 일이 많다고 했던 점. 또한 사과는 하지 않았던 점 등등을 말이다. 앞으로 P님이 나를 대할 때 더욱 조심스럽게 대할 것임은 물론일 것이다. 그건 최소한 앞으로 내가 회사 생활을 할 때 스트레스를 덜 받게 될 것을 의미한다. 내가 처음 이 회사에 들어와, 회사 분위기를 익히면서 P님에게 당했던 일종의 갑질로 인한 스트레스를 앞으로는 덜 받을 수도 있다고 생각하니 그나마 흡족했다.

오후에 K 이사님이 어떤 손님들하고 계셨다. 그런데 내게 커피를 사 오라고 하셨다. 아이스 아메리카노 4잔, 나머지는 시원한 것. 평소 커피 마시는 것을 별로 안 좋아해서 내 것을 빼고 8개를 주문했다. 번역 일로 들어온 내가 신입이라 커피 심부름까지 왜 하는지에 대한 생각은 하지 않았다. 이 정도면 나도 우리 사회에 잘 적응해가고 있는 건 아닐까. 마치 버튼을 누르면 달려가서 군소리 없이 커피 심부름을 하고 있는 나는 적어도 회사생활 잘하고 있는 것 같다. 그런데도 P님은 왜 나를 '통상적'이고 '일반적'인 기준에 맞지 않는다고 생각하는 걸까. 이런 점들은 안 보이는 걸까.

나는 커피 심부름을 하고 나서 F 과장님과 이야기를 나누었다. 그러다가 F 과장님은 주말인데 뭐 하는지 내게 묻는다. 그래서 나는 오늘 스윙댄스를 하러 신논현역에 간다고 대답했다.

이번에는 내가 F 과장님에게 주말에 어디 안 놀러가냐고 물어보았다. 어디론가 바람 쐬러 가는 것을 좋아하는 F 과장님의 성향상 어디 가지 않을까 싶어서 한 질문이었다. 그런데 내가 이 질문을 하기 전에 말장난을 아마 쳤을 것이다. 그 이유 때문일까. F 과장님이 이윽고 웃으면서 이렇게 말했다.

"당신 같은 사람하고 이야기하느라 참 피곤해서 어디 갈 기력이 없다."

F 과장님이 이렇게 말한 이유는 아마 내가 언어유희를 구현해서, 그 장난에 반박하지 않고 그대로 넘어가 주셔서 그런 것으로 이해된다.

저녁 무렵이 되자, F 과장님은 내게 물어 보셨다. 내가 취급하는 제품들에 대해서 톡 찌르면 바로 나오는지 말이다. 나는 아니라고 답했다. F 과장님은 나에게 번역을 부탁한 논문 말고, 우선은 다음 주 수요일 오전까지 '완벽하게' 내가 취급하는 제품들에 대해 자료를 정리해서 달라고 하셨다. 나는 오케이 사인을 보냈다.

사회 부적응자의 사회 적응기

Part 10

다시,
사회 부적응자를
위하여

01

길들여지지 말고, 납득시켜야 한다

지난해 3월 말쯤 있었던 일이다. 어느 날 오후에 번역한 내용을 F 과장님과 심도 있게 수정하고, 수정하고 또 수정했다. 그리고 C 과장님에게도 특정 항목에 대해서 전화로 물어보고, 그렇게 오후 1시부터 6시 30분까지 작업했다. 과장님이 요청하는 몇 줄이 그렇게 길지는 않았다. 단, 다음과 같은 해석. '제품을 이어 붙여 제작하지 않습니다'를 내가 product should not be manufactured end to end라고 하니 문제 제기를 하는 F 과장님. 고맙습니다!

어제 트레이너 선생님이 닭 가슴살을 하루 800g 먹으라는 제언에, 이를 실천하기 위해서 나는 저녁에도 닭 가슴살 2조각을 프라이팬에 구워서 허브솔트와 머스타드에 발라서 먹었다. 약밥도 하나 먹으니 배가 부르다.

내가 사무실에 아마 아침 6시 반쯤 출근했던 듯싶다. 도착해서 한숨 자고 일어났다가, 사장님의 지시사항에 따라 제품 브로슈어와 웹사이트를 정독했다. 그때 핫초코처럼 너무 달달하지는 않지만, 무언가 따뜻한 것이 먹고 싶어졌다. 그래서 1층으로 가서 카페에서 유자차 한 잔을 시키니 4,500원. 사무실이 있는 부지를 크게 한 바퀴 돌면서 M커피에서 유자차를 3,100원에 판다는 사실을 발견했다.

그리고 일을 하다가 8시 25분쯤, 내 뒤에 앉는 P님이 출근했다. 20~30초 정도 뜸을 들이다가, 나는 P님에게 다가가서 "잠깐 이야기 좀 할 수 있을까요?"라고 물었다. P님은 "무슨 이야기요?"라고 되물었다.

"뭐 좀 물을 게 있어서요."

나는 사무실이 있는 층의 복도 난간에서 이야기하고자 했으나, P님은 굳이 옥상에 가자고 한다. 그래서 옥상에 올라가 보니, C가 담배를 태우고 있다. 나와 P님이 이야기를 시작하면서, P님 표정이 별로 좋아지지 않자, C는 뭔가 있구나 싶어서 황급히 담배를 끄고 옥상에서 내려갔다.

P님과 세 번째 언쟁을 하다

우리가 옥상으로 올라왔을 때, 나는 참지 못하고 바로 화두를 던졌다.

"혹시 저보다 스스로 상급자라고 생각하나요?"

P님은 재빨리 대답했다.

"아닌데요. 그건 왜요?"

나는 다시 말을 이었다.

"확인하고 싶었어요. P님이 수직적인 사람이라고 느꼈거든요"

P님은 다시 물었다.

"그게 다예요?"

나는 다음과 같이 대답했다.

"네, 이게 다예요. 만약 맞다고 하셨으면 질문들이 있었을 텐데, 지금은 없네요. P님도 하고 싶은 이야기가 있으면 하세요."

정확한 순간을 기억하지는 못하지만, 이 말을 할 즈음에 P님은 옥상 일부 지면을 한 바퀴 돌고 왔다. 오른쪽에서 왼쪽으로 돌았다. 우리가 옥상 중앙에 서 있는 편이었으니, 한쪽 구석으로 가서 좁게 한 바퀴 돌고 온 것이다. 아마 기분을 다스리려는 모양이었다.

P님은 다시 내게 물었다.

"왜 그렇게 느끼셨는데요?"

나는 대답했다.

"내가 이 회사에 들어왔을 때부터 했던 언행들, 간혹 회사 사장님이 할 이야기를 하는 모습, 사내 규율에 관해 이야기할 때 등 말이죠. P님이 했던 말들은 웬만하면 제가 기억하고 있습니다."

P님은 좀 억울하다는 듯이 되물었다.

"그 정도는 먼저 들어온 사람 입장에서 해줄 수 있는 말 아니에요?"

내가 답했다.

"저는 그 말들이 갑질, P님의 텃세로 느껴졌네요."

사실 똑같은 말이라도 어떤 뉘앙스와 분위기에서 말하는지에 따라 듣는 사람에겐 다르게 들린다. 만일 P님이 정말 단순하게 회사에 먼저 들어온 사람으로서 내게 그런 이야기들을 해준 것이라면, 내가 지금처럼 이렇게 갑질한다고 느꼈을까. 분명히 내가 계속 불쾌하게 느꼈다면, P님도 한번쯤 자신이 어떤 의도로 이야기했는지 되돌아봐야 하지 않을까 싶다. 정말 P님이 단지 그 말 그대로 정보를 알려주는 차원에서 내게 그런 이야기를 했고, 그걸 내가 이렇게 기분이 나쁘게 여긴다면 나는 정말 사회에 적응하지 못하는 게 아니라, 그냥 인간 말종일 뿐이다.

하지만 집에서 키우는 강아지도 그 누군가가 자신에게 호의인지, 악감정이 있는지는 느낌으로 파악한다. 만일 정말 순수한 의도였다면, 과연 내가 이렇게 계속 P님을 불편하게 느꼈을까 하는 것이다. 은연중에 P님이 내가 느낀 그대로 새로 들어온 사람에게 갑의 행세를 하고 싶었고, 상사처럼 굴고 싶지는 않았는지 스스로에게 물어봐야 할 것이다. 자꾸 나만 이상한 사람으로, 회사에 부적응하는 사람으로 몰지 말고, 인간적인 자신의 본성을 한번 체크해봐야 하지 않을까.

텃세를 부리는 사람은 실제로 자신이 텃세를 부리고 있는지 잘 파악할 수 없을지도 모른다. 그냥 '일상'이라고 생각하기 때문이다. 그게 당연하다고 느끼는 순간, 본인에겐 텃세가 아니다. 하지만 당하는 사람 입장에선 분명 갑질을 당하고 있고, 텃세에 마음이 멍들고 있다는 것을 알아주었으면 한다.

02

부적응자가 사회 적응을 위해 하는 몸부림들

헬스장에 도착하니 오전 11시 경. 옷을 갈아입기 전에 잠시 샤워실에 들어가니 Y님이 있었다. 우리는 식이요법, 단백질, 닭가슴살 이야기를 했다. Y님 말로는 닭가슴살뿐만 아니라 달걀도 중요하다고 한다. Y님은 하루에 10개씩 달걀을 먹는다고 한다. 몸을 한 번 만들고 나면, 다이어트가 아니라 근육이 없어지지 않기 위해 단백질을 보충해야 한다.

Y님은 기구, 도구, 바, 덤벨을 사용하기보다 맨손 운동을 선호한다. 그 이유를 물어보니, 맨손으로 자극을 더 많이 줄 수 있어서 그렇다고 한다. Y님도 과거에 바, 덤벨 등을 이용해서 근육을 키워보았으나, 그렇게 되면 큰 근육이 자극이 되기는 한단다. 그러나 작은 근육들을 키우는 게 더 낫다는 것을 알게 되었다고 한다. 그래

서 맨손 운동을 더 선호한다고 했다.

사람 근육에도 흰 근육과 빨간 근육이 있다. 빨간 근육이 일명 말 근육이라고 불리는 부위라고 한다. 또 흰 근육은 힘 근육이라고 한다. 우리가 힘을 쓰면 지치는 그런 근육이라고 해야 할 것이다.

나는 천천히 운동할 준비를 했다. 그런데 내가 헬스장에 다니는 이유는 이것 또한 사회에 적응하기 위한 하나의 몸부림일 수도 있다. 직장인이라면 요즘 다들 헬스장 정도는 다녀주어야 하는 것이다. 요즘 우리 사회의 트렌드 중 하나가 '몸 만들기'이니까. 특히 직장인이라면 헬스가 화젯거리에 자주 오르내린다. 그 대화에 참여하려면 나도 헬스장은 기본이다.

그리고 다들 주변에서 헬스장에 다니지 않느냐고 물어본다. 어느새 질문은 권유로 바뀌고, 또 결국 암묵적인 강요로 번지는 분위기다. 심하게 말하면, 마치 헬스장에서 운동 한번 안 해본 사람은 우리 사회에서 소위 말하는 그 '일반적' 기준에서 좀 벗어나는 위치에 놓이기도 한다. 나는 이래저래 한번 헬스장에 다녀보기로 한 것이다. 그랬더니 역시 주변 사람들과 하는 대화에 나도 자연스럽게 동참하기가 더 쉬워지는 듯했다. 운동하는 것까지 사회에 적응하기 위해 해야 하는지 자조감도 들었지만, 어쨌든 부적응자인 내가 적응을 위한 몸부림은 끝이 없을 듯했다.

직장에서 이름이 아니라,
직급으로 부르는 비용의 문제

올해 4월쯤, 나는 어느 날 새벽 5시 20분쯤 사무실로 가는 첫 좌석 버스를 탔다. 사무실에 도착해 보니 6시다. 오랜만에 팟캐스트 업로드를 위해서 『김병완의 책 읽는 혁명』 10분 정도 요약본을 낭독해서 업로드했다. 그리고 M커피숍에 들러 유자차를 사서 사무실로 향했다. 메일을 정리하고 난 이후에는, 사람들이 출근하기 전에 회의실로 가서 잠깐 잠을 보충했다. 그리고 자리로 와서 이어폰을 끼고 업무를 시작했다. 그러던 중 C와 L 과장님이 도착한 것을 보고 같이 바람 쐬러 나갔다.

C와는 말을 트는 사이인데, P님이 있으면 마냥 편하게 말을 하기 어렵다. P 대리님만 해도 입사한 지 얼마 안 되어서 호형호제하는 사이여서 문제 될 게 없지만 말이다. 그래서 P님이 있을 때에는, C한테 반말까지는 몰라도 이름을 부르는 식으로 편하게 부르기는 조심스럽다. P님은 회사 내에서는 친밀한 사이라도 무조건 높임말을 쓰기 때문이다.

존댓말 문화만큼, 직장에서 이름이 아닌 직급으로 부르는 것 또한 한번 생각해보아야 할 문제이다. 특히 '비용'이라는 측면에서 말이다. 존댓말이나 직급으로 호명하는 문화는 수직적인 인간관계의 구조를 만든다. 그나마 직급 대신 이름 뒤에 '님'만 붙이는 문화가 우리 사회에 점점 퍼져나가고 있다는 사실은 정말 고무적이다.

한국 사회에서는 일본의 직급 체계를 가져와서 그런지, 사원-대리-과장-차장-부장-이사-상무-전무-부사장-사장과 같은 직급 체계가 있다. 이러한 직급 체계가 체화되어 있는 분들은 조직에서 퇴사하고 나서도, 해당 직급으로 부르는 경우가 많다. 김 부장님, 이 이사님, 최 차장님, 등. 개인적으로 여기에도 덫이 있다고 생각한다. 회사 밖에서까지 해당 직급이나 포지션으로 호명하면 인간적인 느낌이라기보다는 사무적인 느낌이 든다. 친구끼리 이름을 부르지, 직급을 부르는 건 아니지 않나. 그리고 직급 자체가 이미 수직 계층화되어 있기에, 하위 직급자가 상위 직급자에게 수평적으로 의사를 밝히기는 어려울 것이다.

일하면서 음악을 듣는 것도 하나의 도발이다

오전에 F 과장님이 내가 담당한 회사들 관련해서 '정리된 내용'을 줄 수 있는지 물었다. 내일 오전에 회의가 있으니 오늘 오후에 그 자료를 줘야만 한다는 F 과장님. 그러면 내가 이사님하고 이야기를 해보겠다고 말했다.

점심을 먹고 나는 K 이사님을 뵈러 다른 빌딩에 갔으나, 자리에 안 계셨다. 사람들이 담배 피우는 장소로 돌아와서 C 과장님께 K 이사님이 없다고 하니, 찾는 이유를 묻는다. 사장님 지시사항은 아니고, 내일 내가 담당한 회사들 자료를 '정리'해서 F 과장님과 함께 회의하기로 한 것에 대해서 오후로 시간 '조정'을 언급해 보려고 한다는 말을 전했다. K 이사님은 내일 사장님과 9시에 외출하신다고 한다. 그래서 아마 점심 먹고 회의를 할 거라고 한다.

오후 2시쯤 되니까 K 이사님이 나를 불렀다. 사무실 내 자리에서 음악을 들으며 일하지 말라고 하셨다. 어제 K 이사님에게 나는 집중하기 위해서는 음악을 듣는 것이 좋다고 말씀드렸다. 그래도 사무실에서 음악을 들으면 안 되는지 물어보았고, K 이사님은 '생각해보겠다'고 답하셨다. 그러면 우선 기다렸으면 됐을 텐데, 나는 내 주변에서 사람들이 이야기하거나, 잡담하거나, 업무 이야기를 하면 집중도가 떨어져서 이어폰을 왼쪽에만 끼거나, 가끔은 양쪽에도 끼고 라흐마니노프 음악을 켜 놓은 채 일을 했다.

이사님은 이것을 보셨던 것 같다. 일단 아직 허락하지 않았는데, 왜 음악을 듣고 있느냐는 것이었다. 이 사안에 대해 엘리베이터를 타고 내려가면서 논의가 시작되었다. 그래도 결론만 말하자면, 이사님은 내가 서서 일해도 된다는 것을 허락한 것처럼, 이번에도 음악을 들으면서 해도 좋다고 승낙하셨다. 단, 적당히 눈치껏 하라고 하신다.

나를 뽑은 분은 K 이사님이다. 그러니 회사 안의 생활적인 측면에서 내게 뭐라고 할 만한 분은 요즈음 들어서는 K 이사님밖에 없다. 회사 입사 초기에는 P님이 몇 번 내게 설교하다가 이제는 더 이상 하지 않지만 말이다. K 이사님이 하신 이야기 중에서 특히 기억나는 말이 있다. 내가 요즈음 회사 생활을 정말 열심히 한다고 말씀드리니까, "진즉에 좀 열심히 하지 그랬냐"라고 하셨다. 상사 분들이 보시기엔 내 행동들이 회사 생활에는 정말 부적합한 것들로 보였나 보다. 사회 부적응자가 이제야 서서히 적응하고 있다는 게 모두를 위해 좋은 일일까. 나 자신을 위해서도 과연 좋은 일일까. 모두의 행복을 위해 개인의 개성은 정말 접어두는 게 옳은 일일까. 사회 부적응자는 아직도 그 해답을 모르겠다. 무엇이 옳은 것인지. 모두가 옳다고 하는 게 과연 정답인지 이젠 나도 헷갈린다.

'밝은 사람이지만 기를 뺏는' 사회 부적응자가 되다

올해 4월 중순의 어느 날 아침이었다. 오전에 출근해서 J 차장님과 C와 옥상에서 바람을 쐬었다. 그러던 차에 P 대리님이 옥상으로 왔다. 내가 반갑게 맞이하니, 부담스러워하는 P 대리님. P 대리님은 나와 같이 있으면 기가 빨린다고 표현한다. 나는 기를 나누어 주는 사람이 바로 나라고 생각했는데 말이다. 어쨌든 오전 8시 30분 전까지 사무실로 복귀했다.

그런데 또 문제가 생겼다. 이번엔 제법 더 큰 문제였다. 브런치(Brunch) 계정이 회사 사람들에게 알려진 것이다. 38개의 기록물이 세상에 까발려졌다. 올해 1월 26일부터 4월 13일까지 내가 SNS에 회사 생활을 하면서 남겼던 일기를 회사 구성원 중 한 분이 본 것이다. 내가 SNS 일기를 작성한다는 사실이 임원 분들에게도 전달이 되었다. 불특정 다수가 볼 수 있는 SNS에 일상을 올리는 나와 함께 일을 하기 힘들다는 동료도 있었다. 나는 '혹시나' 이런 상황이 발생할 수도 있다는 생각에, 글을 업로드하기 전에 자기 검열을 하고나서 게재했다.

내 기록을 보았던 사람들마다 느끼는 게 다른 듯싶다. SNS에 남긴 기록물들은 없는 말을 지어낸 것도, 비방을 한 것도 아니다. 다만, 문제는 제법 자세히 서술을 했다는 점이다. 이런 상황을 회사도 처음 겪는 터라, 위에서도 결정이 쉽지 않을 것이라고 한다.

어쨌든 이 사건으로 해서, 내 자리는 기존 사무실에서 다른 사무실로 변경되었다. 좋은 점은 내게 직접 업무를 지시하는 상사들과 같은 공간에서 일하기에 모르는 부분들을 물어보기 수월하다는 점이다. 단, 같은 사무실에서 근무하는 평균 나이대가 10살 이상 올라간 점. 또 이번 사무실에서는 서서 일할 수 없을 것이라고 일찌감치 선을 그으신다. 그래도 그나마 법적인 책임을 지지 않게 되어서 다행이라고 할 수 있을까.

SNS를 검열당하다

며칠 후, 다른 사무실로 자리를 옮기고 첫 출근을 했다. 그리고 회식이 있었다. C 과장님은 내가 브런치에 글을 올려서 얻은 손해가 크다는 표현을 하셨다. 잃은 게 많다고. 정말 그런가. 글을 올려도 친구들만 볼 수 있게 올리거나, 공개하지 말라고 하신다.

나는 어느덧 퇴사를 생각해 보게 되었다. J 차장님과 오후에 잠시 동안 대화를 나누었다. 사무실이 변경된 지 9일 되었다. 힘들다. 그 이유는 이제 서서 일할 수 없기 때문이다. 그런데도 업무 강도는 더 강해졌다. 업무적으로 소통하기 더 좋아진 것 말고는 나에게 이로운 점이 하나도 없다. 그만둬야 되나 싶은 생각까지 왔다고 말씀드렸다.

J 차장님의 생각은, 조금 더 지켜보는 게 좋지 않겠냐고 한다. J차장님에게 나는 일종의 협상, 딜의 형식을 원한다는 것을 이야기했다. 나에게 좋은 것이 하나도 없는 상황에서 열심히 하라고? 난 그렇게는 못 한다. 나갔으면 나갔지. 내가 SNS에 내 일상을 올린 것에 대한 대가가 너무 크다. 내가 직장에 머무는 시간이 당연히 많기 때문에 그 이야기들을 올린 것인데, 역시 그러면 안 되는 것이었나 보다.

우리 사회에선 일상이 드러나는 건 민폐인가 보다. 내가 물론 잘못한 측면도 있다. 습관이 되어서 실명을 몇 번 올렸던 것은 분명 문제가 있었다. 그러나 그것 때문에 이렇게 내 사무실의 작업 환경까지 통째로 바뀌는 참사가 일어난 것은 정말 애통한 일이다.

우리 사회는 항상 '혼자',
'따로' 하는 것에 민감하다

나를 채용하신 K 이사님은 스스로 업무 방식이 고압적이고 강압적이라는 사실을 알고 계신다. 반면에, 나는 자유롭고 말이다. 쉽게 맞물려 가기 어려울 것이다. J 차장님이 좋은 분이라고 느껴진다. 우선 나가더라도 어디 갈 곳을 정해 놓고 나가야지 않겠냐고 하신다.

다음날, 출근하고 나서 C 과장님에게 내가 벽 캐비닛에 붙어서 일하면 안 되냐고 물어봤다. 그 이유는 벽 캐비닛에 랩탑을 올려놓고 작업을 할 수 있기에 그렇다. 그러나 사람들이 지나다녀서 그건 어려울 거라고 한다. K 상무님이 지시한 업무가 있는데, 어디까지 됐냐고 묻는다. 5월 4일 금요일까지 하기로 했다.

퇴근할 때 K 이사님이 내일까지 업무를 할 수 있냐고 묻는다. 난 주말까지 할애할 생각이었고, 내일까지 할 수 있다고 답했다. 우리는 '내일' 언제까지 할지에 대해서 정하지 않았다. C 과장님이 나한테 이전 직장에서도 혼자 서서 일했냐고 물어본다. 나는 간단명료하게 대답했다.

"옙, 혼자 서서 일했습니다."

우리 사회는 항상 '혼자', '따로' 하는 것에 민감하다. '모두', '다 같이' 하는 것에만 안심하고 편안함을 느끼는 듯하다. 그것이 무엇이든 따지지 않고, 무조건 모두가 하면 일단 안심을 한다. 하지만 사소한 것이라도, '혼자', '따로' 한다면 모두가 불안해 한다. 나는 남들에게 '불안함'을 주는 사회 부적응자이다. 여전히 나는 사회 부적응자로 불안을 조성한다.

04

사회 부적응자의 또 한 번의 일탈, 퇴사!

올해 5월의 어느 날이었다. 어제가 대체근무일이었는데, 해외에서 이메일이 왔다. 왜 이에 대해서 답변이 없었는지 C 과장님과 함께 혼이 났다. 오후에는 내가 보낸 이메일에서 단어 하나가 빠졌다. 그리고 주로 사용하는 어휘와 다른 방식으로 기재를 해서 메일을 보냈는데, 이게 좋지 않은 표현이라고 혼났다.

'혼나는 것은 이제 괜찮다.'

야근하면서 K 상무님에게 서서 일하면 안 되는지 여쭈어 보았다. K 상무님은 만약 내 부탁을 들어주면 그에 상응하는 대가로 나는 회사를 위해 무엇을 해줄 수 있는지 물어보셨다. 나는 대답을 하지 않았다. 결국 나에게 이 '사무실', 회사의 규율에 맞추라는 것이 결론이었다. 결국 나는 K 이사님에게 앞으로 한 달만 회사를 다니겠다는 말을 하기로 결심했다.

다음날, 출근해서 K 이사님에게 회사를 그만두겠다고 말씀드렸다. K 이사님은 내게 며칠 동안 시간을 주시겠다고 한다. 다시 생각해 보라고 하신다. 이날 하루는 내가 꾸중을 듣지 않은 날이었다. 그 대신에, 회의를 하며 내 바로 위 사수가 K 이사님에게 깨지는 모습을 보았다. K 이사님은 깨지는 게 나만 그런 게 아니라고 하신다.

K 이사님도 사장님 앞에 가면 깨진다고 하신다. 그게 직장생활이라고.

물론 나도 단지 꾸중을 들어서 회사를 그만두겠다고 생각한 것은 아니다. 다만, 회사가 너무 강압적인 걸 요구하는 것 같은 분위기이기 때문이다. 물론 회사 입장에서는 그래도 나에게 많은 혜택과 예외를 적용해준 것은 사실이다. 그게 고마운 것도 사실이다. 그러나 이제 SNS 사건 때문에 내 근무 환경이 다시 열악해진 것이다. 그래서 사실 K 이사님에게 '회사를 못 다니겠다'고 표현한 것이다.

읽고 싶은 책이 존재하지 않는다면, 내가 쓰면 된다!

이건 열악해진 근무 환경에 대한 나름대로의 강한 항의였다. 게다가 원고를 다 작성해서 출판사에 목차와 원고를 보내던 중이었다. 비록 출판 계약을 '아직' 맺은 것은 아니나, 145개의 책을 소개

한 유튜브 채널/팟캐스트인 '문재호의 사과책방'을 방송하면서 나는 내 원고만의 경쟁력에 자신이 있었다.

책 쓰기와 관련된 책을 읽다 보면, 이런 구절이 있다. '만일 읽고 싶은 책이 있는데, 그 책이 없다면? 그 책을 당신이 쓰면 된다'는 것이다. 나는 내 원고를 출판해줄 출판사를 찾을 자신이 있었다. 다행스럽게도 내 자신감이 현실에서 구현되는 데는 사흘의 시간밖에 걸리지 않았다. 오후 4시 12분에 책읽는귀족의 조선우 대표님으로부터 내 원고에 관심이 있다는 전화가 왔다. 사무실 밖에 나와서 짧게 통화를 하고 업무에 복귀했다.

오후 8시 전후까지 이어진 업무를 마치고, K 이사님에게 마음을 굳혔다는 말을 전달해 드렸다. 사직서는 금요일에 올릴 것이라고. 이사님은 내가 참 나 자신의 세계를 못 버리는 유형의 사람이라고 하신다. 예술가, 작가처럼 자신의 세계에 빠져 사는 유형의 사람을 말씀하시는 듯하다. 결국 나는 퇴사를 곧 하게 될 것이다. 역시나 '사회 부적응자'로서의 면모를 또다시 발휘한 셈이다.

나는 정형화된 인간이 아니다. 어떤 틀에 맞춰서 살아낼 자신이 아직은 없다. 이런 나를 세상은 '사회 부적응자'라고 부를 것이다. 회사에서도 나는 사람들이 당연하다고 여기는 것을 잘 따르지 못하고 있다. 그 대표적인 것이 바로 '앉아서 일하는' 것에 이의를 제기한 것이다.

그런데 사실 '서서 일하는 것'이 요즘은 새삼스런 것이 아니다.

이를테면, 소위 사람들이 자주 가는 '보편적인' 이케아 같은 가구 매장에 가보면 스탠딩 데스크가 곧잘 눈에 띈다. 그건 이미 외국에선 스탠딩 데스크로 일하는 사람들이 흔하다는 걸 보여주는 증거인 셈이다. TV에서도 외국 사무실을 보여주는 걸 보면, 서서 일하는 사람들이 자주 나온다. 그러나 우리나라의 경우에는 내가 직장에서 잘릴 것을 각오하고 요구해야 하는 아주 특별한 사안인 것이다.

아마 외국 사람이 이 경우를 봤다면, 고작 서서 일하는 것에 얼마나 많은 것들을 걸어야 하는지에 놀랄 것이다. 마치 중동의 열악한 여성 문제에서 우리가 일상으로 여기는 것을 쟁취하기 위해 목숨을 걸어야 하는 것처럼, 우리는 직장 생활에서 어쩌면 어느 사회에선 당연하고 사소한 일에 불과한 것에 자리를 걸고 쟁취해야만 하는 것이다.

항상 앞서서 주장하는 사람은 으레 돌멩이를 맞게 되어 있다. 사실 스탠딩 데스크에서 일하는 게 그리 대단한 일도 아닌데, 필사적으로 막으려는 이유는 뭘까. 왜 그 사소한 작업 환경의 변화가 우리 직장 문화에선 마치 내가 회사를 전복시키려는 듯한 위험인물로 보이게 하는 걸까.

왼손잡이도 한때는 사회 부적응자로 낙인찍혔다!

우리 사회는 예전부터 왼손잡이에 대해서도 눈에 보이지 않는 돌멩이를 던져왔다. 아주 오래전에는 왼손잡이가 많은 사람들과 '다르고', '이상한' 사람으로 여겨졌다. 그리고 굉장히 '불쾌한' 존재로 바라보았다. 그건 곧 많은 오른손잡이 사람들이 자신과 다른 '왼손잡이'에 대한 그저 불편하게 느꼈던 그 이유 하나 때문이었다. 왼손잡이가 오른손잡이 세상을 전복시키려는 의도도 없었고, 실제로 그렇지도 않는데도 말이다. 사실관계와는 아무런 상관이 없는 '불편함'과 '불쾌함', 그것은 바로 우리 사회가 '다름'에 대한 것을 '틀림'으로 보는 시선이 있기 때문이기도 하다.

우리는 왜 '다르다'는 것을 '틀리다'는 것으로 인지하는 걸까. 그래서 자신과 조금이라도 다른 사람을 그냥 두고 볼 수 없는 것이다. 그리하여 예전에는 왼손잡이를 억지로 오른손잡이로 훈련시키려고 강요하거나, 때로는 매를 들기도 했다. 사실 오른손잡이와 왼손잡이는 그 기준이라는 게 없는데도 말이다. 다수가 기준이 된다는 그 논리 이외에는 옳고 틀리는 기준이 적용되지 않는데도, 우리 사회는 왼손잡이가 '틀렸다'고 가르쳤고 그 사실을 강요했다.

요즘은 왼손잡이에 대한 편견이 예전만큼 심하지는 않다. 그러나 우리 사회에는 여전히 종류만 다르지, 이런 편견들이 여러 곳에 자리를 잡고 있다.

'다름'을 인정하자. '다른' 것은 결코 '틀린' 것이 아니다. 미국의 고등학교에선 학교 축제 때 양말을 짝짝이로 신고 오는 날도 있다고 한다. 그건 바로 '다름', '부조화'가 얼마나 창의적이고, 건설적일 수 있는지 그걸 권장하는 문화가 자리 잡고 있기 때문이다.

우리 사회에선 양말을 짝짝이로 신고 다니면 '미친 놈' 취급을 예전엔 받았을 것이다. 아직도 우리는 여전히 이러한 '부조화'를 견디기 힘들어 한다.

어떤 틀 안에 모든 사람을 집어넣으려고 하지 말기를. 그들을 부적응자로 제발 낙인찍지 말기를. 지금 여러분들이 사용하는 많은 일상적인 물건들은 당신들이 그토록 불편해 하던 사람들이 만들어낸 것임을 잊지 말기 바란다. 만일 '다른 것'을 두려워하고, 부조화를 금지한다면 우리 인류는 석기 시대로부터 한 발자국도 앞으로 나아가지 못했을 것이다.

사람은 다양하다. 그 다양한 특성을 인정해주는 사회가 덜 폭력적인 세상이다. 오로지 한 가지만을 강요한다면, 그건 총칼만 안 들고, 탱크만 밀어붙이지 않았을 뿐, 그보다 더한 폭력성이 존재하는 셈이다.

많은 사람이 꿈꾼다면
그건 현실이 될 수 있다!

대범한 사람도 있고, 소심한 사람도 있다. 그리고 앉아서 일하는 게 아무렇지도 않은 사람이 있는 반면에, 서서 일하고자 하는 사람도 분명히 있다. 하지만 그건 성격이나 취향의 문제이지, 그 누군가가 '단죄'를 할 범죄는 아니다. 왜 우리 사회는 '다름'을 범죄로 규정하려는가. 왜 '다른' 사람을 '사회 부적응자'로 평생 꼬리표를 달고 살게 하는가.

'다름'에 소름 끼치는 당신은 바로 당신 스스로가 정말 소름이 돋는 폭력적인 사람이라는 것을 잊지 말기를. 당신은 조화롭고 평화로운 사람이라고 착각하지만, 실제로는 당신같이 '같음'과 '조화'를 강요한다면 그게 바로 폭력이고 범죄인 셈이다.

우리 사회에는 소위 '사회 부적응자들이 많다. 하지만 그건 단지 언어유희일 뿐이다. 누가 인간을 적응자와 부적응자로 나눌 자격과 권한이 있을까. 인간은 그저 인간일 뿐이다. 단지 나처럼 상처를 잘 받고, 소심한 사람도 있는 반면에, 모든 것이 거칠 게 없는 대범한 사람도 있다. 하지만 이렇게 다른 성향이 누가 옳고 그른 것의 기준이 될 수는 없다. 모두의 개성을 인정해주고, 개인의 다양성을 포용할 수 있는 사회야말로, 모두가 조화롭게 살 수 있는 아름다운 세상이다. 폭력을 가장한 가짜 조화를 외칠 것이 아니라, 우리는 다 같이 진정으로 조화롭게 개인의 특성을 인정해주면서 살아갈 수 있는 사회를 꿈꾸어야 한다.

한 사람이 꿈을 꾼다면 그건 그저 꿈에 불과할 수 있지만, 보다 많은 사람이 꿈을 꾼다면 그건 현실이 될 수도 있다. 많은 사람이 나처럼 꿈꾸기를 소망한다. 그래서 단순히 서서 일한다는 것이 투쟁의 대상이 되는 직장 문화가 아니라, 그저 개인의 취향으로 자연스럽게 받아들이는 사회가 되길 진정으로 기대해 본다. 아마 내가 환갑이 되었을 때에는 이런 이야기들이 그저 먼 옛날 호랑이 담배 피우는 시절의 이야기쯤으로 들릴 수 있도록 말이다. 그때에는 스탠딩 데스크를 사용하기 위해서 외로이 투쟁하는 직장인은 분명 없을 것이라고 믿는다.

맺음말

공짜로 주어지지 않겠지만, 꿈꾸는 것을 쟁취해야 한다!

나는 지난 1년 7개월(첫 직장 1년 2개월, 두 번째 직장 5개월)을 직장에 다니면서 전반적인 회사 생활 만족도는 10점 만점에 8점이었다. 비록 현재 직장에서는 사무실이 바뀌고 나서, 만족도가 5로 떨어졌지만 말이다.

우리나라에서 살아갈 때 항상 가족, 친구, 소속 집단원의 눈치를 보는 일에 피곤하지는 않은지. 난 여러분이 자신의 개성을 '온전히' 지킬 수 있으면 좋겠다. 개성을 지키기 위해서는 포기해야 하는 게 많을 수 있고, 무형의 압박과 압력을 꿋꿋이 버텨야 할 것이다. 하지만 그게 바로 자기 자신을 지키는 길이기도 하다. 중요한 건 버티는 것이다. 소위 '존버(John Burr)' 정신을 계승하여 계속 버티고, 버텨서 여러분의 고유성을 인정받았으면 좋겠다! 왜냐하면 자신의 색깔을 포기한다는 것은, 곧 자기 자신을 잃어버리는 것을 의미하니까 말이다.

자본주의 사회에서는 희소성이 있으면 경쟁력이 생긴다. 내가 이 책을 출간하게 된 것도 출판사 대표님이 내 원고의 희소성에 그 가치를 두어서 출간하게 되었다고 생각한다. 이 책을 읽는 여러분은 이미 '문재호'라는 사람의 '희소성'을 체험하고 있는 셈인 것이다.

프랑스의 심리학자 자크 라캉에 의하면, '인간은 타인의 욕망을 욕망한다'고 한다. 나도 대학교를 갓 졸업했을 때까지만 해도 그랬다. 취업이 잘되지 않는 것이 처음엔 문제인 줄 알았으나, 뜻밖의 좋은 결과를 가져왔다고 생각한다. 스타트업 같은 초기창업 기업을 빼면 내가 일하기 적합한 회사는 한국에 별로 없을 것 같기 때문이다.

원하는 것을 실제로 행동에 옮겨야 한다

나는 그래도 꾸준히 시행착오를 겪으면서 아프리카 TV를 통한 비정상회담 데모(demo) 영상 제작, 책 읽어 주는 팟캐스트/유튜브 채널 운영. 그리고 먹고 살기 위해서 꾸준히 통·번역을 업으로 할 수 있었던 현실도 너무 감사하게 생각한다. 비록 퇴사는 여러 번 했지만, 직장에서의 경험도 내 삶의 일부이기에 좋은 배움의 터전이었다고 고백하며, 이 자리를 빌어 모두에게 감사를 드린다.

나와 같이 '사회 부적응' 기질이 있으신 여러분. 부디, 회사에서 으레 이루어지는 갑질을 있는 그대로 견뎌내지 말기 바란다. 여러분에게 적합한 회사를 열심히 찾아보기를. 또, 어떻게 하면 회사에서 갑질을 하는 당사자에게 그 갑질을 못 하게 할 수 있을지 전력을 다해 방법을 탐구해 보시길.

그리고 실제로 행동으로 옮겨 보기를 바란다. 하지만 이 때문에 때때로 어려운 선택을 해야 하는 상황이 올 수도 있다. 대표적인 예로는 회사에서 잘리거나, 부적응자로 찍힐 수도 있다. 이처럼 '경우의 수'가 참 많다. 직장 내 따돌림, 참기 힘든 동료 등 변수가 참 많지 않은가.

공짜로 주어지지 않겠지만, 여러분이 원하는 것, 꿈꾸는 삶을 반드시 쟁취할 수 있기를 바란다!

2018년 6월
문재호

언제까지 우리는 '까라면 까!'야 할까?

초 판 1쇄 인쇄 | 2018년 6월 20일
초 판 1쇄 발행 | 2018년 6월 30일

지은이 | 문재호
펴낸이 | 조선우 • 펴낸곳 | 책읽는귀족

등록 | 2012년 2월 17일 제396-2012-000041호
주소 | 경기도 고양시 일산서구 대산로 123, 현대프라자 342호(주엽동, K일산비즈니스센터)

전화 | 031-944-6907 • 팩스 | 031-944-6908
홈페이지 | www.noblewithbooks.com
E-mail | idea444@naver.com

출판 기획 | 조선우 • 책임 편집 | 조선우
표지 & 본문 디자인 | twoesdesign

값 15,000원
ISBN 978-89-97863-91-4 (03810)

이 도서의 국립중앙도서관 출판예정도서목록(CIP)은
서지정보유통지원시스템 홈페이지(http://seoji.nl.go.kr)와
국가자료공동목록시스템(http://www.nl.go.kr/kolisnet)에서
이용하실 수 있습니다.
(CIP제어번호: CIP2018017926)